女北京

君婷 ◎著

北京师范大学出版集团
BEIJING NORMAL UNIVERSITY PUBLISHING GROUP
北京师范大学出版社

图书在版编目(CIP)数据

女北京/君婷著．—北京：北京师范大学出版社，2014.3
ISBN 978-7-303-11510-5

Ⅰ．①女… Ⅱ．①君… Ⅲ．①长篇小说－中国－当代
Ⅳ．①I247.5

中国版本图书馆CIP数据核字（2013）第012668号

营销中心电话 010-58805072 58807651
京师心悦读新浪微博 http://weibo.com/bjsfpub

NYUBEIJING
出版发行：北京师范大学出版社 www.bnup.com
北京新街口外大街19号
邮政编码：100875
印 刷：北京京师印务有限公司
经 销：全国新华书店
开 本：148 mm × 210 mm
印 张：9.25
字 数：150千字
版 次：2014年3月第1版
印 次：2014年3月第1次印刷
定 价：32.00元

策划编辑：谢雯萍 责任编辑：谢雯萍
美术编辑：袁 麟 装帧设计：红杉林文化
责任校对：李 菡 责任印制：陈 涛
营销编辑：张雅哲 zhangyz@bnupg.com

献给一种女人的挣扎，一座城市的观望

人物出场顺序

兰迪　艾华谦　**乔安**　**茜**

离子烫脑袋(们)　上海籍瘪脸老头儿　快递李国丁

林赛　猴子实习生　某500强企业中国老大

光头驻华首席代表　茜的德国男友　**妮可**

某丈夫(某前夫)　头发一九分的男人　辰　拉布拉多猎犬脸男人

佐伊　便秘女白领　**黛比**

不太可爱的四岁女童　詹　**瑞秋**　短脸版休·杰克曼(杰)

周身异味的出租司机　刺猬 Shuni

托比　艾华谦的中国老婆　穿蚊帐婚纱的中国新娘

K-Bar的呆滞酒保　坡跟鞋女同事

网名“中午吃食堂”老男人　**翠西**

同楼三线女演员　麦当劳里的ABC　琛

貌似“昴日星官”的相亲男

美国谢顶高管　森　发型似菩提老祖的中年女同事　温州皮鞋女

牛津毕业的大屁股　民政局中年离婚办事员

目　录

兰　迪

妮　可

佐 伊

黛 比

瑞 秋

翠 西

作 者

兰 迪

输了年龄我什么都没赢

星期五，5：30 pm。我看着写字楼巨大落地窗外的阴霾天地。

一切都是灰色的，包括我的衣服。一件在优衣库买的棉T恤，79块。老鼠灰的颜色，毫无图案。仿佛自己和这城市的色调已经贴合交融。下身穿的西裤，黄鼠狼的颜色，腰际线有点高。看去，有种生养了几个孩子似的臃肿妇女的架势。早晨怎会招呼了这样一身衣服上身，自己都开始嫌弃自己。

在会议日程上敲打“pm”两个小写字母，自己的手关节灵活得不可思议。中文自动联想结果是“破灭”，不请自来地跃然屏上。

同事们好像都静好得很，一张张脸和精神都被面前的电脑显示屏妥帖而完好地吸收了。不知道那里面究竟有什么。每个人都仿佛在争分夺秒地精工细作，看上去又像僵尸一样迟缓无能。

我每天都想到快要到来的三十岁。这个念头，总能击中我好久好久。这像一个挥之不去的坏消息——你杀不死送信的，也不想向人宣读信的内容，甚或是自己。

似乎在许多年以前，大概我二十四岁那年吧，记不清了，时间就开始以一种和我毫无关系的陌生嘴脸，自顾自地往前碾。庆生、庆新年，庆农历新年、暑期档电影一年年更换，一年年贴秋膘……自己都无动于衷地参与了。然后觉得这一切和自己毫无关联。

讨厌得知自己无可挽回的衰败。年纪轻轻，曾是我作为女人不多的、甚或唯一的优越感。

这三十年里面，我在这个城市里吃了很多不同的饭，馆子似乎也下够了。如果有人约我出去吃饭，我依旧会欣喜一番，但如若没有，我也就那样默默地生活，吃乏善可陈的粮食；这三十年里面，我在这个城市里买了数不清的衣裳。有的很廉价拙劣，有的在付款时略有心跳加速和焦虑，但所有买过的，最后都变成那一柜子的索然。如果遇到为之一振的衣服，我依然会在瞬间像所有其他女人那样，用评审团专家般的眼光苛刻地审视颜色、款式和质地，但越来越冒出的念头是：不买也可以。

于是，在这个城市所有女人的吃穿享受与欢娱中，我逐渐丧失高潮的能力。

下班，我四肢无力地行走，自知驼着背，但不愿做任何努力抬头挺胸。细细端详地铁里的人，都是陌生奇怪的脸，见到一千张一万张还是感觉置身荒原。想起昨晚，依稀或许是前晚，做了一个梦，梦中无数貌似有脸有貌的人，却一个也不认识。这世界上，除了和自己真正关联的那两三个人，其余的，是人是游魂是外星间谍或只是梦中投影，归根结底，和我又有屁关系呢。

最近，不知怎的，大脑经常会无可救药般浮现人群踩踏事件、毁损漏电的扶梯，或相撞的列车。脑子不能自已地自制惨烈画面，时常让自己有瞬间的惊恐和抵触，但最终也只能泄气地对自己说：如果是今天就是今天吧。原本，自己能安排的事也没有一两件。

地铁并不算挤，基本可以做到较有尊严地站着，也没有讨厌的人肆无忌惮地斜倚在扶手上。身旁的女生打扮得用心良苦，估计是热恋的年纪，非常吃苦地踏着一双高跟裸靴，我几乎可以看到她在暗中活动疼痛的脚趾。前两年，内心深处觉得理应喊她阿姨或大姐的女人，突然发现，她们其实都很是年轻。客观想，她们有的也许是欠缺保养，有的是天生老相，但细看便发现眼神都透着没经验。那是各种经验的缺乏，和各种打击的缺席。我似乎无法不幸灾乐祸地在心里说，好吧，你们也只有五年时间，也就那样。这世上，任凭任何，都斗不过两个五年吧。

而自己，正是身处两个五年之后，这是如此简洁和无情的事实。输了年龄我似乎什么都没赢。该拿什么，让自己心安理得地站立在这个已经远远把自己甩在身后的城市里。为什么总觉得亏心。近两年来，自己也疲于奔命地去补，焦虑难安地去补——认认真真上了瑜伽课，跟一个 1989 年出生的教练学了游泳，报名了大龄青年组成的读书会……算是力求精神百倍地去充实生活。但面对自己时的亏心，却一直在那儿。

该拿什么，让自己心安理得并心甘情愿地站立在这个已经远远把自己甩在身后的城市里。这城市早已变得像一台巨大的绞肉机。自己百般排斥、万般厌恶，却被血肉模糊地和她绞在一起。一早谈不上什么是自己的节操，自己的志愿了。

公司里年纪相仿的女同事，每一个都孜孜不倦地打扮，但整体效果并不风调雨顺。似乎，女人们在装扮上永远互为模板，东施效颦，连环效应。于是，白天总能在公司走廊里瞥见惊雷闪电。今年，城中流行的，则是各种长度到达脚面的纱裙和松糕鞋。

尽管自问看不上她们对长纱裙和松糕鞋的幼稚追捧，但每个同龄女生，一开口又都是出乎意料的世故和老练，甚至有点儿狠。她们漫不经心地驾驭着诸如老公、减肥、入托和单位冰箱里人奶保鲜的话题。看着与自己同时代的女人们，如此心安理得并一帆风顺地老去，我觉得深深的孤立。

上周，打开公司的冰箱门，悚然发现自己精心保存的香辣藕片和人奶并排摆着，觉得脑袋嗡的发懵。

今年的新进实习生，茜，毫无悬念的是个二十二岁的女生。嗯，也许还是虚岁。我笃定地告诉自己，她那两条不对称的法令纹，其实比我的还要深些许。

对方自然是意料之中的不解风情。每每嗲声嗲气地叫我兰迪姐，并惯常用五岁女童般的眼神注视我，眼巴巴地在中饭时向我撒娇："兰迪姐……你中午都去哪里吃饭啊……要不要一起嘛。"

撒娇没用。你老姐姐我也还不是中老年人，不要企图利用中老年人的弱点。我恨恨地想，不如叫我兰迪婆好了。于是，还要陪她吃饭，然后被这个脑子好使的姑娘细细地扫听公司的工资和待遇，以及各种人际关系的侦查与反侦查。

我一边观察着茜对上司的殷勤笑语，以及各种试图融入的个人奋斗举动，不禁怀想自己二十二岁那年。妈的，简直不是一个物种。

二十二岁那年，我屡屡因与成人世界的碰撞，而一身落魄地踽踽独行在三环以里，二环以外。遥想那时的自己，学生气十足，在单位里话少得很。那不是因为屌或是傲，那是纯粹地不好意思和脸皮薄。不好意思报销，不好意思请假，不好意思和可怕的老妇女搭话或打招呼。这都是自己当年做出的事儿。

那一年，自己喜欢在心情低谷时在快客(Quick)便利店购买一种抹茶棒，然后，像抽烟一样将其叼在嘴里，故作沧桑地看下班的车流。那时，城里炫目夸张的高档车，似乎也没有像现在这样淤。前天，买完午饭走到公司附近，目击两辆法拉利跑车险些追尾，驾驶和副驾驶的年纪加起来，也许都到不了四十。

那种抹茶棒的味道可真好。那种心情，也仿佛要与整个世界决斗，却毫无畏惧与妥协。年轻的潦倒，即便一无所有，也是充满力量和自傲的。

可现如今，内心的坚持终于和视力一起模糊了起来。生命力不再旺，肝火肺火却长年很旺。不过是几年前的轻狂岁月，好似变成厕所书籍里的一页笑话，被我自己在人生的种种三急中匆匆翻过。

“双手抱头并跷二郎腿”强迫症

我出生在北京，周岁就要三十。住在家里，完全没立起来。而且，就因为没结婚，哪怕西单的大悦城过去都是我和发小玩过家家的地方，自己也依旧被人视作在这座城市“还漂着”。

爸妈都算是老北京，但从小到大，家里条件永远是温饱有余，小康不足。印象中，家里所有的碗和碟子就没有刷干净过，喝水杯子上也都爬满陈年风化的污迹，花色土气的枕巾不到万不得已绝不更换。回想一番，真是邋里邋遢的三个人。

但作为这个家庭里的孩子，我丝毫不介意，今后也不打算介意。父亲自五十五岁那年就一直有抑郁症，情绪是持续地坏，连时好时坏都没有过。平时他和谁都没话，经常独自坐公共汽车去远郊区，门头沟也好，平谷也好。但只要喝上半钱任何酒，就会变得极为健谈，“百忧解”一直都没有断过。我妈呢，早早便内退了，连我都记不清那是她四十几岁还是五十几岁时发生的事，之后便一直把全部斗志和热情倾注于花鸟鱼虫。但养的鱼相继过世。

在我们这个稳定了三十年、也得过且过了三十年的三口之家里，猫已经常驻了十八年。最近，她常常因为衰老而在昏睡中猛然从沙发靠背上跌下来，把全家、包括它自己吓一跳。

我上班的地方是个公关公司，美国的，照理，在业内还不差。而且，名称也在去年被更正成什么公关咨询公司，但其实每天干的还是鸡零狗碎的活动后勤。

老板叫艾华谦，是个来自西雅图的美国中年大叔，有着一半日本血统，但这并不妨碍他保有所有美国大叔都有的“双手抱头并跷二郎腿”强迫症。

搞公关的毕竟是女人扎堆。艾华谦每天被众多长发离子烫脑袋环绕，里面还夹杂几个韩式梨花头，他一定觉得自己英俊并能呼风唤雨吧。

说起来，自己在公司也才待了三年，但似乎却走到了内心的边缘。在这样的公关公司，即便是给你一个客户总监的头衔，干的依旧是满场子递麦克风、查麦克风和收麦克风的活儿。所以，最近半年，自己的职场战略明确演变成了：混着，靠着，耗着，熬着。

倒不是干活眼高手低——扪心自问，我也早已练就加班心如止水、时刻一脸商业笑容的境界。但不知为何，待在距离离子烫脑袋们和艾华谦几丈远的地方，常常有一种觉得自己很愚蠢的感觉。简直活脱脱一个三十岁的蠢娘们儿。

然而，跳不跳槽，对我来说却是个假命题。早已看透，这世界上单位还不都是一般，而且只会一个个向愈加狼性的方向发展。我自知，许多同龄人在没名没姓的破公司没钟没点地干，一个月几千块但压力大到谢顶之人大有人在。能待着就待着吧，我对自己说。

早年，我还有个乔安。自己类似这样不说难受、说了矫情的苦水，总还可以源源不断往她那里排。在我待字的闺中，算得上的，曾经只有这一蜜而已。

但这种无话不说的关系，在乔安交上稳定男友后，就日渐寡淡，直到几乎形同陌路。其实一开始，我还曾数次做电灯泡，与乔安和她的男友三人行，跟着傻乐傻玩，一块唱卡拉 OK、看电影和吃自助，但最终被一种类似丧家狗的感觉打败。想也是没必要频繁互动了。

实习生茜，只是公司那一打儿长发离子烫脑袋中的一只。在这个夏天，她成功跻身为美国老板承欢膝下之流。

说实话，茜没有任何让人过分厌恶的地方。如果她能收敛一下刺探别人电脑屏幕窗口，以及永远嗲声嗲气的行为，我也许会考虑把自己抽屉里多余的飞利浦耳机借给她。

关于公司的实习生文化，老板艾华谦其实曾有所指示。

早在我初到公司那一年，一个眼神像小动物一样愣头愣脑的男实习生，曾误把艾华谦的手机号给了保险推销，并在一次公关活动的邀请函上把老板的姓名错打成“艾华嫌”，导致老板在周会上厉声说：“我不愿教猴子使用工具，然后再看他们如何搞砸。我愿意用本来就会使用工具的人!”然后，艾华谦气得鼻孔微张，却依旧在转椅上双手抱头，并坚持跷着二郎腿。

打那之后，公司在吸纳实习生方面一直颇为消极，直到茜。

历来，能到这个公关公司打工的实习生都要靠些关系，往往都是“艾华嫌”关系户的爱子或爱女们。据说，茜也是靠关系进来的。当然，这点毋庸置疑。

茜第一天来公司，穿着与年龄不太相符的职业装，但是上身的小西服十分瘦长妥帖，领子和袖口处还有暗花的蕾丝，打底衫的领口也开得颇低，料子丝滑。墨绿色的细跟鞋昭示这个年龄段的年轻女生少有的一点娇艳。

论姿色，茜 10 分中大概可以得 6 分，但完整平滑的皮肤和一双笔直的长腿实在是加分不少。

艾华谦在例会上简短介绍她后，她便乖巧地用中规中矩的中式英文和日式纯情进行了自我介绍。这一下，引得公司本来就为数不多的四位男士，几欲喜不自胜地拍手。

一包"杜蕾斯"的分手

茜的座位，随后就被安排在我这个客户经理旁边。但是，在工作内容上，她却直接跟着艾华谦。我能做的，只是时不常给予她一些后勤问题上的答疑解惑。由于 IT 部门的眼镜男经常在白天溜号抽烟，空余的桌上摆了三四排的变形金刚，所以到最后，连打印机的基本设置都是自己手把手帮茜完成的。真是没辙。

茜身上有一种让人难以取信的气质。她似乎知道自己在做什么，过早超越二十二岁的迷茫和一切愚蠢。当然，这让我觉得自己更蠢了。

茜常常在工作时间，低声用某种南方方言，长时间讲电话。那讲话的口气，既不像私人谈话，也不像公司业务。更奇妙的是，尽管我与她咫尺之隔，却永远不能参透一星半点她所讲的话题。一切听上去不温不火，非常妥帖。此外，茜永远能够平静地提出要求，然后顺利在公司找到人头为她提供相应的帮助和服务。妈的，真不是一个物种。再一次地，我对自己狠狠地说。

“兰迪姐，中午一起吃饭吧?”11 点 45 分，茜又徐徐抛来这个问题。

其实，为了回避与她吃饭的可能，我已被逼无奈每天用乐扣乐扣带剩菜和米饭。今天就带了菠菜。看着饭盒里绿了吧唧的剩菜叶趴在隔夜米饭上，我觉得心情沉重。

为什么不想和她吃饭，不知道。就是不想。也许是不喜欢被她拐弯抹角打听公司的状况以及自己的资历吧。况且，公司的许多状况，按规矩在员工间都是保密处理，所谓 confidential。而我自己呢，也谈不上拿得出手的资历，亦无老公和子嗣可拿来炫耀，或是把自己高端乐活的人生放到网上随时发布一番。对于我，还是吃乐扣乐扣里面的硬米饭比较安全吧。

“噢，我今天带饭了。”我也底气十足地给出了这个安全答案。

“哇噢，兰迪姐，你太厉害了。自己做饭，还是这样比较健康啊。

像我这样每天吊儿郎当的……我妈老说，我懒得简直就该脖子上套张饼呢。哈哈。”

我也哈哈，但之后便无语。年岁的增长，让人开始不太怕尴尬。

“那兰迪姐，你在公司有三年了吧。我觉得这行做到你这样比较资深，也很不容易呢。”

实习生显然希望将谈话继续下去。

“嗯，是，不过，嗨，也没什么。”

我流畅地说了一堆屁话，继续沉默。

“兰迪姐太谦虚了。像我这样每天晃晃悠悠的，还不知道能不能找到工作呢……”

茜一边给对话打圆场，一边用手指绕过头发，做些无意义的整理。化学药水作用下的垂重发丝，顺着保留少女质感的手，迅速游走滑落。我本以为离子烫早已落伍的。

我自然懂得，她与我的一切，对她而言，只是她初入社会成长与奋斗的一部分或一种必经。我没兴趣给她练手儿。但是，一刹那间，看着她仿佛冒着年轻热气的脑袋，突然就想起森。觉得心里陡然一紧。

森是我交往的男人，不过已经把我踹了。或者，也许我们压根儿就从未交往过。

我和森在一起两年，我总是想见他。但若细想他为我做的事和他的温暖，却几乎是没有。他只是一个三十五岁、知道如何运用自己优势的男人。

我们的分手，竟源自一些杜蕾斯。

事情的起因，是我在他的床下发现一盒开了包的崭新杜蕾斯避孕套。大概是用了三四个，但清楚知道不会是和我用的。显然，这些可疑的避孕套是无意间掉落在床和桌子的夹缝处的，男主人连捡都懒得捡。但这种事情，数量一旦可疑地减少，便会让当事人完全词穷，实属毫无办法。森只得向我呐喊继而咆哮，继而劈头盖脸说我有病。最后，我只得为自己一双有“眼力见”的慧眼灰溜溜埋单。

记得分手将近大半年后，突然接到森请吃晚饭的邀请。我依然爽快地答应了。

不知为何，似乎就是说不出“我看没有这个必要”或“大家都很忙，各自保重”这样的话。

其实分手后，森还会以一个月一条的频率发信息给我。自己基本都会绞尽脑汁地回复。所有漫不经心的短信，其实都是我枯坐半宿后的产物。

森的号码，我在一次次吵架后无数次从手机里删除，然后又莫名其妙地誊写在日记本里。折腾几次，自己都烦了。反正不是早就会背了吗？

那次和森的饭桌上，我一如既往地表现出爽快和大方，也许是希望为自己挽回些面子。这基本是自己打十七岁后，一旦遭遇分手就惯用的伎俩，却好像从未为自己得什么分。越希望理解男人，越不去婆婆妈妈，反而就越男性化、越不招男人待见。男人到底迷恋什么呢？

森在我轻描淡写的提问下，说自己正和一个小女生交往。在他说“小女生”的时候，我分明听见自己内心“嗖”的一声，仿佛某种祈愿或期待像门一样，瞬间关闭。其实，自己一直都知道，怎么会不知道。分手后，我一直不能控制地做着“网络调研”，一早就从网上的蛛丝马迹中知道那女生二十二岁。她在网上自我评价为“双子座女流氓，外冷内热”。

我的天。

我抬眼瞄了瞄茜。此时她刚吃饭归来，一把抓起桌上绘有卡通图案的水杯，投入地喝水，咕嘟咕嘟的大口吞咽声不知为何显得格外年轻和性感。

森正在和一个像她这么大的女孩交往，和类似她这样的女孩说话，像每个坠入爱河的男人那样犯傻，然后，用掉很多很多很多杜蕾斯。我在自己的座位上漠然，任凭面前的电脑屏幕辐射着我二十九岁的脸。

我不期待和森怎样。我只希望森能留在我身边，并为我而变得傻起来。可是森与我在一起时，一直是那个聪明的他。他从未爱上我。

也许，森也会很中意茜这样的吧，我消沉地想。她们年纪很轻，却仿佛心很硬。她们拥有魅力，绝不会玩世不恭地过自己的日子，更不会用不合时宜的自嘲让自己显得滑稽。任何时候都不。

扪心自问，也许自己并不在乎森和年幼小妹会怎样。古今中外，男人被青春和饱满的胶原蛋白吸引，我想我可以理解。但让自己一直难以接受的是，那些二十岁左右的姑娘，竟然也能对像森一样成熟的男人构成深层次的吸引。这似乎一直让我难以释怀。也许女人老了真的是一无是处。

在自己的座位上，我就那样低下了头。

女实习生

茜来公司两周后，我终于决心离开公司。说不上有什么特别不对劲，但一切都不太对劲。本来，我的原计划是这样得过且过再缓个一年半年，骑驴看唱本，但是，骆驼身上的最后一根稻草还是不紧不慢地飘了下来。

要说，艾华谦的管理作风其实一直有个特点，就是逮着哪个就让哪个干活，哪个好用用哪个，从不讲究职位分工。这已经导致许多自强不息的员工都纷纷离职了。

由于我这个客户经理一向显得过分“厚德载物”，便常常莫名其妙地把前台的活也一并做了。毫不夸张地说，帮艾华谦订机票这种事，一年也总要发生几次。到工作的第三年，我对这些已经变得不太介意了。

然而，周五下班发生的状况，终于让自己经年累积的“蠢女人”

自我认知全面爆发，并迅速濒临界点。

离下班还有三十分钟，我在会议日程上打下“pm”两个小写字母，屏幕却闪出“破灭”两个中文字。不远处“玻璃罩”里的艾华谦猛然合上电脑，麻利地把手边的东西一股脑塞进卧在转椅边的手提包。那是一个褐色并老旧的皮质提包，彰显着主人对质地的要求和一些偏执的品位。

一身黑衣的老板迅速移步到我的座位，手里还拎着一个没有盖的中号牛皮纸盒。

“兰迪，can you do me a big big favor(能帮我个忙吗)?”

“Sure(当然可以)。”自己嘴巴似乎只会秃噜出这句。

然而，自己这一句爽利的“当然”却换来了一个糟糕透顶的麻烦。原来，艾华谦是要我把盒子里几百张名片上的信息都输入Excel联系人名单，也就是手动一对一输入。这样悲惨的工作量，足以将一个正常人的视网膜摧毁、隐形眼镜融化。

还没等我从惊悚中反应过来，还没容我提出“公司是否可以花钱购买名片录入机”的建议，艾华谦便将盒子稳妥地放在了我桌上。

“Thanks 兰迪，and this is needed by Tuesday(这个周二要)。Nice weekend(周末愉快)!”

说罢，艾华谦带着得克萨斯烧烤般炙热微笑的一米八五健硕背影便从门口消失了。

我太知道艾华谦这个人了。当年，他深谙初来乍到公司的我软弱并勤奋，对工作不挑不拣，于是一路将我用得顺手。我呢，也一直老实巴交地深陷踏实肯干的旋涡中，无法翻身。我是不是就是那个会使用工具的猴子？我认真并可笑地问自己。会用工具，也还是猴子而已。

奶奶的。我对着空气来了一句。

翻了翻盒子里凌乱的名片，足足好几百张，个个四四方方，有着锋利的边缘。里面不知藏了多少的 paper cut(纸张划伤)。我清楚，如果自己今天和周末不加班，周一必然要奋战通宵。

我乏力地将浮在最上面的一张名片抓起来，一个自称 Dr. Jin XX 的家伙。这年月，能让人喊自己一声“博士”的管理人员，似乎最是拉风。

看了眼身边的空座位。实习生今天没来，请了病假，说是发烧。

我一边带着想死的心情默默输入“金博士”和“大卫总裁”的名片，一边想，如果今天实习生来了，艾华谦也许就会抓起她。做这个活儿的分明应该就是她啊。越是沿此思路想下去，人老命衰的感觉越发地严重起来。

终于，在周一一早，名片录入工作还未完成，我便已将早就润色多次的个人简历广投出去。同时，还兢兢业业完成了五六家大公司的网络申请，注册了三四个猎头网站。去争取一把吧，我对自己说。然后暗暗在心里捏起一对小拳头。

名片还剩最后十张左右的时候，茜回来上班了。她面色润白，眼睛不费力便睁得老大，眼底一对“卧蚕”显得十分柔韧，想是休息足了。她依旧大口大口从有卡通图案的马克杯里喝水，脚上还是那双墨绿色的细跟鞋。深秋时光脚穿单鞋，不发烧也会患上老寒腿吧，我不耐烦地想。

“兰迪姐，这一堆都是什么呀？你在忙什么？”

“名片。”我冷冷地回答。自己长眼睛，就不会看吗？

“这都是你认识的人啊，厉害厉害。”

实习生眼睛有点贪婪地看着那一筐名片，和我说话其实心不在焉。

“帮老板录入的。干得就剩这几张了，差点累残。”

“唔……”

实习生嘟了一下嘴，轻轻划拉了一下盒子里仅剩的几张名片，然后若无其事地说了句：“哎呀我手机呢。”

“……不觉得这应该是你帮忙干的活儿吗？没赶上趟，就不说句帮忙的客套话吗？”这是我心中翻腾的潜台词，但末了，却屁也没说。

周一投出的简历，竟然很快得到了回音。堪称顺风顺水的三轮面试后，一个实力雄厚的五百强美国企业做出录用我的决定，薪酬听来也非常优渥。

一瞬间，我觉得自己像身着高档晚礼服一脚踏上人生的手扶梯，缓缓向上升着。连平素在公司走路的步伐都稳健起来。

不过，想起面试中倒是有个小插曲。外国大老板即刻表现出对我的喜爱，偏偏未来的顶头上司是一个中国上海籍瘪脸老头儿，从始至终对我不置可否。然而让我万万想不到的是，之后的幺蛾子，恰恰就出在了这个瘪脸的环节。

已然到手的offer，在一天之后被公司人力强硬地收回。人力的理由是“很遗憾，您错过了确认offer的deadline(最终期限)”，简直像卷子做完才被告知没填机读卡一样令人错愕。这是哪一出呢。自己在惊愕、愤怒和冤屈下，随即运用邮件证据进行反击，试图言之凿凿。却最终毫不讨巧地被大小领导一致视为麻烦。

貌似礼贤下士的外国领导，在麻烦面前竟和瘪脸站在了同一个战壕，将我在原地打成了筛子眼儿。

随后，竟然有人建议我诉诸法律程序。谈何容易。像自己这样的人拿起法律武器的时候，说明什么都已经碎了，有什么意义呢。

一连几天，我想打电话给乔安，却料想她会说些“这是很正常的公司政治，你不过这次当了炮灰”之类的话。最终，谁也没找，自己咽了。

和森分手的一年里，所有感情和工作上的难受，与被撤销的offer

一起，仿佛重重地一脚踹在我的肚子上。冬天也一下子来了，极端干燥的天气持续了一个月。有时早晨一起来，鼻子就开始流血。

这个城市里的中国人、外国人都一样难受。雪，天一直就不肯下。

英文再差也要写封英文告别信

在公司干了八年的老员工要离职了。叫林赛的三十二岁妇女，不过也就比我职位高个半级，每次在走廊相互打招呼，对我挤出的笑容非常吝啬牵强。她在公司的最后一天，对我来说，不过只是又一个平常的星期五。

早晨刚到公司，吃着一个 7-11 便利店买的金枪鱼饭团，发现邮箱里早早躺着林赛发给所有人的英文告别信。

信里，林赛毫无新意地扯在公司的八年，是如何一番 wonderful journey（美好旅程），如何如何感谢领导的 guidance（指导）。整封信洋溢着蹩脚的语法错误，以及使用并不娴熟的公务英文词汇。她还真敢写，不嫌寒碜啊，我内心说着这样的潜台词。但这几乎是可以料想的。如若不是早前和一个外国同事无意闲聊，我绝对无法想到，在外国同事圈子里一直流行着“鉴赏”中国员工蹩脚的英文邮件的做法。记得那个外国同事给出的理由是“这可是一个巨大的 entertainment（乐子）呀”，末了，还追加一句“财务和人力发的英文信是最可笑和错误最多的”。

要知道，所有外企员工，无论外语多烂，也要在离职的最后时刻吃苦地攒一封英文告别信。我只粗粗看了三四行，便把这封题为 not saying goodbye（不说再见）的邮件窗口啪的关了。今年，至少已经有两个人用过这个题目了。

本来，我就要写我的告别信了，却在志得意满扬帆启程时，被迫收回了已经抬起半条的腿。真糟啊，我不禁去想，如果我离职，将怎样写系统里的告别信呢。也许，也还会是些俗烂的真情回馈字眼儿。但题目是该换一个了。

其实，林赛在宣布离职前的小半年，便开始做些蠢事。不知为何这个年纪的女人，总是避不开莫名却强大的某种共同的愚蠢。例如，托中午去超市的我为她捎进口脱脂牛奶和夜用卫生巾，直言不讳地问有些发胖的我是否怀孕，以及通过社交网站的私信托人帮她请病假，等等，例子不一而足。所有这些不够职业的行为，让她自己看起来像个笑话。但环顾四周，女人们往往都是这样，做许多自作聪明的小动作，最终傻眼的，恐怕总是自己。

当晚，公司为林赛搞了一场践行的晚餐和饭后卡拉OK。

艾华谦这样的西方男人，对于林赛这种过于来事儿和事儿妈的中国妇女，其实常常有不知所措感。但是，在这种类型的企业待上八年的员工，没有功劳也有苦劳，没有苦劳也有疲劳，或至少是传闲话的话唠。所以，像模像样的送别活动是一定要搞的。

晚上八点左右，所有人，包括老板和实习生，都纷纷出现在深埋在三里屯一带的某个KTV。娱乐场里充斥着各种取悦老外猎奇心思的新鲜物件儿，但每一件摆设又都禁不起推敲。全是些有着强烈性暗示、色彩激烈的"现代艺术"装置。

包厢的主题是汤姆猫和杰瑞鼠。所有吊顶、地板、靠垫和目光所及之处，都是汤姆在撵着杰瑞跑。成人世界出现刻意的童真，反而让我觉得一股莫名其妙的紧张。

实习生进屋后，扒掉几乎长到脚面的纯黑色羽绒服，里面竟又是一件纯黑色紧身连衣裙，上头布满暗蕾丝花纹。因为颜色深沉，似乎也不显得刻意，反而出奇地美好。

开场不久，茜便用精当的日文和艾华谦对唱了两首邓丽君的老歌。其中一首，好像是那首叫《偿还》的，唱歌的架势也像足了旧日歌星，有种小鸟啄食的雀跃和优雅。因为水平过高，引得众人反而默然起来。

随着越来越多的酒水被干掉，以及三四个能带动气氛的美国人，一干人从干巴巴坐着唱，慢慢变成了抢话筒和站着扭。一瞬间，屋里像充满了并不存在的霓虹和烟霭。

数了数面前的喜力，原来我已经喝了五个。

我看见艾华谦夸张地站在桌台上，弓着腰，声嘶力竭地唱“I shot the sheriff, but I didn't shoot the Deputy(我杀的是警长，没杀副警长)……”

他灰褐色的醉眼很迷离，几个离子烫女经理兴奋地笑倒成一片头发的海洋，那笑声尖锐且很是夸张。

我知道他比任何人都清醒。老板惯常逢场作戏。这样的人，从不会允许自己真正失控。自问我并不讨厌艾华谦，甚至偶尔也觉得他耐看。

记得，小时候如果默默关注某个男人，那情感里最终一定有崇拜。如今，即便不能自控地关注某个男人，心理上也多少有看笑话和看戏的成分。越来越多地了解他们，就似乎不会再轻易被男人的社会地位和某种气质蒙蔽。好色和暴虐，这大约是有本事和没本事男人们共同的另一张脸。

我喝下第六个喜力后，在众人并不坚持的怂恿下，依旧没有独唱任何一首。有人唱歌我便合唱，有人出丑我便赔笑。我将自己舒适地陷在杰瑞鼠的靠垫里，双脚蹬着面前的漆黑矮桌。有离子烫突然凑到我身边，然后嘟嘴与我自拍合影。我挤出微笑，也将手放在嘴边做出装嫩的姿势，眼睛却似乎无法从眼前的六个空瓶子身上移开。

我没有丈夫，没有孩子，没有一技之长去战胜层出不穷的离子烫，也不会再有人为我感到骄傲。在包厢各种热气腾腾的喧哗里，我觉得自己就要哭了。

记得有个外国人曾跟我说，永远不明白中国人的热闹。我想，此刻我也无法明白这任何一种热闹。

该为自己买个真正的包

华北地区大风降温已经有了两三次，依然没雪。有时，夜里能听见小区里井盖被北风吹得嗷嗷叫唤。我惦记着外头的流浪猫，不知道它们是不是很痛苦。

公司的中央空调费了很多电，却带不来丝毫温暖。每天下午三点半以后，我便手脚冰凉，膝盖和小腿麻木。

怠工的状态一直笼罩我的脑神经，有时似乎甚至无法在座位上坐直。身体不知道因为什么，乏力得拒绝合作。大部分时间，我都盯着一些无聊的星座网站和心理测试题直到目光失焦。有时候扫扫当日新闻，看这个城市铺天盖地的惨剧和荒唐，不知道它们能在我心里留下什么。

下班路上，依旧细致地观察地铁上的人。有重度烧伤的乞讨者混迹车厢，一边四肢不全地向前腾挪，一边高声唱着深情的民歌儿。

“流浪的人在外想念你，亲爱的妈妈，流浪的人在外走遍天涯，没有一个家……”音响设备简陋，但是都很齐全。

他的伤和音乐，在车厢中既激发了滑稽，也激发了恐怖，但唯独没有同情。

我低头看一眼自己廉价的皮革包，据说是所谓PU质地，花了二百多块。暗绿色的皮质上有些铆钉。大概有三年时间了，我暗下决心，为自己买一个“真正的包”，但是念头一直停留在念头。年初，曾壮着胆子走进城东的古奇专卖店，拿起一个不太起眼的包，小姐报价一万五，于是又悻悻放回。我还是不习惯吧，我想。

女人到了一定年纪，好像就开始丧心病狂地在买包这个事上花钱。可以长得像破烂，穿的像破烂，但拿的包却一定要有头有脸。如果没有一个万把块的包傍身，仿佛就生无可恋，仿佛就真的惨透。因为真的老了吧，我想。

此时，面部残缺的乞丐已经移步到了我的腿边，我没有看他。PU包里好像有两块零钱，但我心无旁骛地盯着包上的铆钉。并不是非要伸手讨要才算讨。自己和很多人都在生活面前讨，撑着残缺的表情拖着残缺的意志。

不能安慰的盖茨比

我已经和实习生很少讲话，不关心她电脑屏幕上有什么。茜的实习期将尽，说句心里话，我想自己既不关心她二十二岁的成长，也不在乎今后我们是否会有交集。

早晨来到公司，私人邮箱里竟然静静躺着一封面试邀约。一个做保温材料的小型欧洲公司。邮件写得很诚挚，说是侧面听说我在找机会，希望我能过去，薪水也将“有竞争力”。我看着左下角那个保温材料的 logo，心如止水般回了信。

仅仅一周后，一切就都尘埃落定。我松爽接受了欧洲公司的工作，一个月后到岗。顺利得让人麻木，顺利得一塌糊涂。

所有事情都陡然加快了发生的步伐，我对生活的耐心也慢慢回升起来。记得面试当天，对话毫无张力和焦灼。面试我的是个长得像萨科齐的法国老男人和一个长得像“少年派”的印度人。我说什么，他们似乎都很信服。这个貌似冷门的欧洲企业有种吸引人的宽松、悠闲和善意的氛围。工资也比艾华谦那里高了近三分之一。

被突然录用，我不知道可以将新工作的消息和谁分享。这一年多来，我都深深地寂寞。生活的每一天，像一列列间隔时间过近的灰色地铁，夕发朝至，源源不断开进我空洞的灵魂。

由于我算不得什么资深员工，单位也没有像样的送别。艾华谦看到员工走马灯一样地换，当然开心不起来。但末了，也只是非常有涵养地用中文说：“我觉得你对自己的职业道路缺乏规划，我替你担忧。”

“请允许我犯错，也许这是我眼下必须经历的吧。”

离开公司的那天，桌上摆着一个“面包新语”的 Hello Kitty 图案蛋糕，土黄色的那种，比鼠标大不了多少，芝士口味。上面立着一张易事贴，留言是茜。

虽然只是个二十块钱的小糕点，但还是让人觉得有点窝心。我没能看见茜，一整天也没有看到。于是只是给她发了感谢短信，后面还破天荒加了个小笑脸。其实这两年，自己基本已经完全告别“呵呵”和任何网络表情符号。

“谢谢你的祝福，Hello Kitty 和你一样可爱。祝今后一切顺利呵。”

自觉发完这条短信，我便和这姑娘以及所有离子烫和梨花头都毫无关联了。她们今后何时冻人奶、何时与老板起腻、何时往头发上抹化学药水，和我再无半点关系。

新单位的工作让人平静，也不需要什么激烈的适应。中午，我常常步行至附近的 7-11 便利店买二十五元左右的关东煮，常买的有笋、圆白菜包、魔芋和萝卜。两三块清淡的煮萝卜总能让我心情愉快并胃里温暖。然后，回到自己的座位上看一些网上订书。最近拿在手边的一本，是初中时就翻烂过的《了不起的盖茨比》。

隔了十几年，再看还是隐隐约约地伤心。十五岁时不明白，为什么盖茨比在书中形象很淡，也不是第一人称，却是一本以他命名的书。现在有点明白，也许正因为这样，他所代表的一切才显得那么孤单，仿佛独自站在充满雾霭的遥远山头。想要安慰和拥抱他，都遥不可及。

几周以来，与我电话往来最频密的，是一个叫李国丁的送书快递。我甚至将他的手机保存在快速拨号拦。打来电话，一定是李国丁催我收货；打出电话，一定是我催李国丁送货。除此之外，我似乎忘记了如何期待他人的讯息。

就在自己完全陷入慵懒的个人模式时，电脑上突然闪着早我一步离职的林赛的留言。

“兰迪你还好吗？听说你也离职了啊。”

我只是在键盘随意敲打，让她觉得我在回复，但其实并不打算回复什么。只是等她继续说下去。

“要不是茜和我说，我还一点都不知道呢。”她果然说下去。

茜？什么时候她们走这么近。我随意客套了几句，也没有特别想继续对话的愿望。但林赛似乎闲得发慌，只想和我扯闲篇儿，打发吃多了的午后。

“说真的我真挺为你高兴的。这闺女还是挺了解你的，一下就给你推荐这么准。”

“虽然这种企业也许待遇没那么高，但也没那么累啊。咱这年纪在这种单位好好养养多好。”

林赛自顾自往下打字，我撤回了键盘上的手，陷入了小小的、突如其来的愕然。

推荐。

我只是侧面知道，实习生在我走后的确被公司留下，成为了正式员工。很简单，人员变动后，公司人力架构上自然会有“坑”可以填。新人如果有潜力，公司完全可以用离职老员工留下的老名额做“因材施教”的培养。茜就是这样一种潜力，我的离开也恰巧创造了这样一个“坑”。

我也是侧面知道，眼下供职的保温材料公司是侧面了解到我的情况，才向我发出邀约。这些都是正确的。但一切却再次印证“你知道的”和“你以为你知道的”之间的差距。

是茜暗中推荐我去了新公司。

从林赛的叨唠里，才大概明白茜一直交往一个德国男人。他是这家欧洲公司小负责人的酒友和球友——他们一起喝白葡萄酒，打高尔夫球。茜通过这两个男人，成功地把我引向了她人生的偏轨、我沾沾自喜的正轨。

而这些，也是眼下自己从和林赛小小的聊天窗口中，侧面知道的。原来，侧面这两个字，也许最后左右了我人生的所有正面。

森

二十九岁的最后一晚，自己待着。看书，记日记，舍不得关灯。那么那么舍不得。

在自己发热严重的戴尔电脑上，有那么半个小时，我定睛在网上看着森和“天蝎座女流氓”的照片。他们好像去看海了。

二十二岁的一个姑娘，把沙滩装备买得一应俱全。既有洋气的大沿帽、麻编的挎包，也有腰上随意系住的大块丝巾，色彩绚烂到家，和黑色三点式相得益彰。连脚趾的指甲盖，都做得毫不含糊，上面好像有小花朵和亮片。影集里大部分是女孩单人的照片，只有两张合影。一张森背着她跑，一张森从后面抱着她。

一瞬间，我好像才突然明白。森和我没关系了。以前，他光着膀子，我搂着他。那些，在今天等同于没发生过。

然后，三十岁的第一天，以一种格外着急的方式，砸在一个尽是残念、早晨继续起不来的周二。

向单位请了一天年假，懒散地走在商场的打折女装区。因为什么也没看上，所以购物的心情变得焦虑并莫名地烦躁。女人是这样的，成功买了一样，就可以买更多样，然后像打了鸡血一样越买越起劲儿。但一样都没看上的时候，便会很消沉。

在几个时尚品牌店里进进出出几次后，筋疲力尽中，终于选了身衣服。连衣裙有些献媚的设计，仿佛在宣告一种软绵绵的女人味。想来想去，又果断抓了一双纯黑色细跟鞋，头很尖，像某种得力的铲子。

我漠然扫视试衣间镜子里的自己，从上看到下，细细地看。转身时，发现内衣带子勒着的地方已然出现微微溢出的脂肪。前几年，自己还曾用幸灾乐祸的眼神看着其他妇女同样部位的脂肪。多惨痛。又定神一看，穿衣镜里的搭配竟然有点像实习生，但人脸上却是颓败的神色。

我近乎决然地将刚挑中的衣物甩给了柜台。浓妆艳抹、一袭黑衣的柜台小姐几乎是冲我翻了个白眼。我快步逃离憋了快一天的商场。回头看，巨大的卖场，像一张喘着二氧化碳欲望的嘴巴。

周一，也就是头一天，下了今冬第一场雪，非常非常地小。小区里，一些孩子用可怜巴巴的一点黑雪，堆起膝盖高的雪人，鼻塌嘴歪的。

“风后暖，雪后寒”，这话妈和姥姥都总挂在嘴边。此时，商场外空气里那种猝然的凉意，似乎渗透大脑神经，令人微微偏头痛。但在冬天出生的自己，天性中对寒冷好像有种亲切。

路灯底下，我不疾不徐地向前走。雪可能是停了许久，不知不觉又有细小的白色从天上降落，分不清是雪花还是冰碴。抬头，望进路灯的光圈，小雪的缤纷一目了然，甚至有点壮观。

在这样清凉的世界里，突然有一种想小跑上一段路的冲动。觉得此时此刻的自己，一切都是圆满的。心里有种蠢蠢欲动和活力，俨然还是十几岁的一个小丫头。第一次认同自己是个三十岁的女人了。更是第一次意识到，这个事实本身，对于自己来说是多么大的成就。

耳朵冻得有点刺疼，我一边扣上并拉紧羽绒服的帽子，一边果决地想，这辈子当女人，只是当自己，不与人比较。重要的是描画出自己的轨道，并且永远努力去自圆其说。哪怕头破血流，也要信自己，为自己圆场。让年龄带来的苦涩和尴尬，比青春更昙花一现吧。

正想得起劲，羽绒服兜里的手机突然响起来。是森。

我看到那个曾几乎让自己大小便失禁的号码在手机屏幕上催促般地闪动，又默默将电话放回了兜里。

小雪洋洋洒洒，晚高峰在一个又一个城区里宣告驾临。近旁，迫切的汽车喇叭此起彼伏，在尾气与街灯构成的雾霭中，争相泄愤与调笑。

前男友的电话在催命，但此时此地独自在漫天雪花中的三十岁的我，不会费力去摁掉它，不会费力去接听它，甚至不会费力去琢磨它。

我只是听着手机在口袋里蹩脚的奏乐，突然觉得如果只把它当成一段普通的旋律，也挺优美。

拥堵的车河，此时像这个城市一条条受伤的静脉，发出焦灼的闪烁。

妮 可

终于变成自己讨厌的女人

“我先下去，把车热一下。”

“嗯。”

描画眼线的手有点微微抖动，我在镜子前面颇具技巧地撅着身子，希望在上眼皮的睫毛根部画出一条最细、最流畅的线。一定要服帖。

眼线笔上虽是写着笔芯不超过0.5mm，但如若不是心无旁骛，还是会失手。丈夫过重的关门声，并没影响我的发挥。

想来，这件自己二十岁时无论如何也完成不好的艰难作业，现在技能竟然已越来越纯熟。八年的时间，无论眼线笔、眼线液还是眼线膏，全部对我俯首称臣。

今晚的聚会，对我而言完全莫名其妙。丈夫生意上的一些朋友，还有一些连熟人都称不上的闲杂人员，元旦前突然要吃一餐。我明明可以问得更清楚的，最终却是一句也懒得问。

其实，打结婚半年后，自己就开始一句也懒得问。也许丈夫也默默赞许我这一点吧。真的是爱谁谁，自己只要做到出现就好了。

我对丈夫来说，也许就像手包之于女人。半年前，他还曾夸张地捧着我的脸说，你让我特别有面子。那种认真且隆重的样子，让我觉得想笑。

也许吧。其实，我最讨厌被人说八面玲珑，或暗指精明。可这些年似乎愈发变成自己讨厌的女人。有时候，看着自己自如地操持着各种语言，游走在雷同的社交场合，自己都觉得恍惚。但这的确是我。此时，镜子里的女人，不过就是一个挺漂亮时髦的阿姨。相比任何其他人，好似我对她最是毫无概念。最近，甚至还会时常生出“这女的是谁”的感觉。

走进衣帽间，抓起了一双过膝的靴子。虽然靴筒很长，略有夸张，但因为极简的设计和细致的鞋跟，也不至于显得太俗艳。一番艰难地穿上，发现纯黑的亚光皮质紧紧裹在腿上，遥遥呼应着自己嘴唇上完全亚光的绛红唇膏，竟有种蛮清冷的气质。

确定所有脸上、身上的细节都让自己足够满意后，我对着镜子长长地叹了口气。丰厚的嘴唇没有过重的纹路，也没有起皮。鼻翼处的底妆也没有泛油光。侧起身，前挺后撅的，都挺好。

不知从什么时候开始，任由任何场合，一定要对自己精雕细琢到一声长叹才罢休。周遭十个有九个猜不出我是跑“财经口”的记者，而且甚至可以说还是个很勤勉和善于思考的记者。不过是喜欢把女性魅力挂在脸上和腰上招摇过市，且不怕被说碧池（bitch），怎么了。

“这是我太太，妮可。”

丈夫的声调虽然很低，但语气中充满一种豪气。同时，还有意把我的肩头紧紧搂了一下。

对于来人，我只微微扬了下嘴角。餐厅包厢华美和俗气得不成样子，像是在拍电视剧封神榜。一屋子和丈夫年纪相仿的大叔，纷纷向我伸手。许多一把年纪竟然还都面带生涩和不自在。有的叫我嫂夫人，有的叫我弟妹，在我听来有种滑稽。

五岁父母离异，我归了父亲。常常跟着阿爸去各种应酬的我，仿佛一早就太知道如何应对成人世界，太明白什么叫恰到好处。甚至说，饭桌和包厢，才是我人生最如鱼得水的地方。

“来来，嫂夫人上座，这里这里。”

一个头发一九分的男人，殷勤地试图把我让到靠近主座的位置。自己只是笑，原地没动，依然还不紧不慢挽着丈夫的胳膊。

在男人们接下来沉闷的寒暄里，我不禁默默计划，今晚就不费神社交了。中午采访完全没吃饱，一个赛百味(subway)的素食卷就算对付。今晚的任务，显然就是集中精力吃饭。明确了这一点，自己又长长叹了口气。要知道，很多男人完全意识不到，饭桌上那些貌似端庄的女士究竟干掉了多少硬菜。

正当注意力从一屋子烟雾缭绕中飘走的时候，包厢门似乎是被突然踹开一样，哗的敞开。一个仿佛还带着寒气的男人，周身像裹着风，直勾勾走了进来。

刹那，只觉得眼睛像被刺了一下，毫无防备中我的心脏瞬间缩紧。锁骨处简直听得见自己热血涌动的声音。除了盯着那个男人的脸，仿佛什么也不能做。

叔叔给你买

几乎就快要以为自己已忘掉，十三年前那个小女生，是怀着什么样一种心情站在雨天里，依旧是这个城市，却一塌糊涂。那年，四十周岁的辰，有和眼前推门而入的男人惊人相似的轮廓和丝毫不会闪躲的眼神。

十五岁的自己，还不叫什么妮可。母亲从我生活中缺席，自己甚至不懂得去挑选和购买内衣。直到十五岁那年夏天，早已发育得有些尴尬的自己，才有了人生中第一个满是黄色蝴蝶图案，浅蓝的底色的廉价胸罩。

那年秋天，穿着蓝底白条运动校服和劣质浅蓝胸罩的自己，看见那个叫辰的叔叔，从一扇餐厅包厢的门走进来，身上像裹挟着风一般。

“妮妮都喜欢什么，告诉叔叔。叔叔给你买。”

这是辰始终让我念念不忘的一句话。但他其实，什么也没给我买过。

彼时，辰只是包厢里许多叔叔中的一个，坦然地藏在永远烟雾缭绕的房间里，吹牛扯淡，推杯换盏。

第一次有他的晚餐，酒过三巡的时候，我看到半醉的辰，在座位上肆无忌惮地盘起双腿，以近乎歇斯底里的嘶哑声音背诵一首北岛的《回答》。举座的男人几乎都是喝大了，纷纷开始形容猥琐迟钝。只有十五岁的自己目不转睛盯着他，竖着耳朵听着他。

辰对我的引诱，是不能控制的，也丝毫不蓄意。他肆无忌惮的眼睛，里头有许多疲倦和殚精竭虑，但在十五岁的自己看来，竟然那样美好。那些光亮，一有机会就停留在我脸上，里头满是喜欢。

那一年，辰的女儿十岁。照片上看去，是个肤色黝黑敦实的寻常孩子。妻子是戴着眼镜，显得迟钝臃肿的中年妇女，让人觉得没滋没味特别普通。当时猜想，那想必是大学时的恋情和顺理成章的婚姻。事后证明，事情也几乎就是这样。

十五岁的一整年，因为父亲的原因我非常频繁地见到辰，频繁地叫他叔叔。关于辰的那些曾经十分纯粹的记忆，在自己成人后，一年年变得像朽木一样腐烂残破，终于只剩得一点点可怜的闪回片段。

能记得的还有，父亲和一干朋友去郊外山上看日出。隆冬，夜里三点颠簸黑暗的吉普车上，辰捂着我冰冷的手，不停地搓搓搓，眼神发亮而专注。能记得的还有，我背着父亲给辰的手机一次一次打电话，央求他不要去别的城市工作，等我长大嫁给他，等他老了，我骑着三轮捎着他在王府井压马路。更能记得，自己站在秋天的毛毛细雨里，在北京黄昏阴暗的天空下和一群相干不相干的人，心灰意冷地看着辰拖着拉杆箱从饭局直奔机场。

辰离开的当夜，自己就突发急性阑尾炎，床上床下地折腾，痛不欲生几乎到穿孔。被耽误数个小时候后，年少的自己一丝不挂躺在手术台上，被几个男实习大夫围着，像是病人，更像毫无半点尊严的可怜标本。本该平顺的一次阑尾手术，医院竟然做得相当烂。一个一指宽的伤口，至今留着显眼的一道疤。任凭过去多少时间，长也长不好，阴湿的天气里还会隐隐作痛。

我与辰，全无肌肤之亲。辰对我所做的一切，和身份不相称，也不相干。多年一直相信，自己对于辰，不全是成年人眼角眉梢相互引逗的风流游戏。那是不能躲避的好东西，更是不能错过的、另一个状态的自己。

最终，辰和他的眼睛和他一切像与不像叔叔的瞬间，在那场雨水和阑尾炎手术后消失得干干净净。十三年的时间，自己也变成名正言顺的女人，有了一柜子的体面胸衣，也开始从一堆叔叔嘴里的妮妮，变成同事和同僚口中的妮可。但是，对于类似餐厅包厢的空间，却似乎永远是无法抵御。烟雾缭绕的地方，有蹩脚卡拉OK的地方，才是自己的青春记忆，女人一生最初的阳光和阴影。自己的某个部分，一直没走，十多年来一直坐在那里，看他如何喜欢我。道德，扯淡，吸引，成人。那竟是生命最兴奋的时分，没有之一。

我想，当年自己得不到辰，更多的不是因为这个世界，而是因为那样的自己，无法蜕变成真正女人的焦急和笨拙。

当年因为自己，辰一定也度过了珍贵的日子。对于四十几岁的老男人，更甚，不是吗。

"你丫怎么这么慢，罚三杯啊我说。"我出神的一会儿，"拉布拉多犬"开始谴责刚进门的男人。

"我认打认罚。"那个像是裹着风的男人一边走近座位，一边扫视包厢里的人，眼神仿佛会发烫一般直率。那一刻自己的直觉清楚地知道，他心痒痒，只在等待有人向他介绍我。

男人的冬衣穿得很少、很简单，但所有的衣服都绝对地妥帖，就像我只描一遍的眼线。有拉锁设计的深褐色贴身毛衣，有着滑雪裤厚实质地的黑色裤子。利索的平头甚至显出与年龄阅历不相称的虎头虎脑。一双手让人觉得非常地干燥，上面的筋脉有点苍老和突出。

“少见啊，杨总，最近忙什么大项目呢？”席间，一个形容略嫌猥琐的中年眼镜男玩世不恭地问。

“嗨，瞎忙。”

“我看见你网上那照片了。那你新置的豪宅啊，地方他妈不错啊。”“拉布拉多犬”也加入了审问。

男人低头抚弄一双筷子，气定神闲。仿佛在笑，仿佛也不欲作答。末了，抬了一双眼，说：“你怎么不认识那地方，老周的地儿。”声音温和，里头像浸着温热的液体一样。

一番对话，在我听来简直毫无意义。但举座的男人好像立刻都很会意。估计不会有人知道老周是谁，老周是谁也不重要。

从“拉布拉多犬”等人的口中得知，男人就是东，所谓的杨总。越过拉布拉多的一张狗脸和丈夫已经开始靠后的发际线，我开始偷偷打量东。可以说，这是自高中之后自己第一次这样偷偷打量男人。

东的今年，也是四十周岁的一年，但这不妨碍他有一张书生气和年轻得让人意外的面孔，一双眼睛，难以形容地清澈。这对于这个岁数的男人自然很稀有。那双眼看着人的时候，会射出一种少不更事般的焦灼光芒，停留在我的脸上，有不去自控的直接。

他完全不去控制。自己瞬间便傻了眼，不是单因自己喜欢他，而是因为他如此喜欢自己。

“嫂夫人怎么称呼。”

“妮可……杨总幸会。”

我听见自己内心的念白，这下完蛋了。记忆，起劲儿地闪回到十三年前，任由碟子里堆着好多丈夫夹给的菜，越堆越多却没一点进展。

“拉布拉多犬”不停地要求举杯，说是要加快饮酒的速度。于是，东面前摆着的白酒和红酒都被频频满上。

“杨总最近写诗了吗?”“拉布拉多犬”话多得要命。

“最近啊……在念诗。”东低着头，答得一本正经。

“才子啊，你春节发我那几句，是自己写的吧。”

“谁给你发了，你看清楚是我给你发的么。你外面彩旗飘飘。”

东话音一落，举座大叔们一起坏笑起来。“拉布拉多犬”似乎低头认栽，只得喝了好几大口酒。

各行各业的老男人到了某个年纪，就都开始交流诗歌和韵律，令人好笑又费解。当年的辰，也是大声地念诗，像个英气逼人的疯子。

我和东之间鲜有交流，但目光都没有放松过彼此。我看到那双和辰一样的眼睛，不停执意地捕捉自己。那种纯粹的喜欢，溢于言表。既然都是成年人，他和我一定都在潜意识中认定这一切都无妨。

我轻轻抿了一口红葡萄酒，酸涩难耐的味道，许是勾兑的，真不想把涂着口红的嘴唇染黑。知道自己的酒量，无论如何也是不太醉得成，此时却很想显露醉态。丈夫专注地和另外三两个人争论起虚头巴脑的政事，他们好为人师地高谈阔论，其实在女人听来个个都是磨磨叨叨。

东坐的地方和我离得并不远。他为什么话那么少，总看到他的一双手，无限温柔地抚弄一只筷子。终于，自己决定抬起脸，迎着他的眼睛。那眼神，在猝不及防时像只贪婪的狼。在有所呼应时，又像儿童一样显得纯真和热烈。

当年阑尾手术后一直恢复不好的那条疤痕，再次开始隐约抽痛。鬼使神差中，自己装腔作势一样将手放在丈夫的膝头，顺势将头轻轻靠向丈夫的肩膀。

在遇到丈夫之前，也遇到过各种爱情，而自己一直是老练自如的那一方，看过不止一次被自己分手的男人哭得铁青的脸。婚后这两年，自己更是稳健迈入成熟妇女行列。任场合多么热烈奇特，人言多么尴尬荒诞，自己几乎都可以波澜不惊地应对。

但绝不是这种眼神。此刻，我只想摁下一个暂停键，然后飞一样遁出这个黑洞般的房间，逃出十五岁的控制。

这下完蛋了，内心无力的念白再次升起。

有一天身边躺的不是丈夫你也不会惊讶

没有预期会再见到东。但再见到他的时候，这个冬天竟然还没有过完。

春节前，自己应邀参加某个财经媒体的年会，着装要求竟是“红毯”。简直疯了，是不是搞笑。作为城中有一点点小名气的财经女记者，自己于是更要打扮得风调雨顺才行。很多不是明星的寻常女人，总会借类似机会过度装扮，穿露肩露背的矫情礼服，愈加暴露差强人意的曲线，那只会让自己显得不得体和愚蠢。她们不知道吗？

一边碎碎念地想，一边从衣橱里揪出一条白色的直筒连衣裙，上头全然没有装饰或点缀。因为 V 字领口和非常贴身的剪裁，所以比一般职业装略显得隆重。

冗长发言和提问环节后，终于到了来宾自由交流的时间。我独自一人，自在地徘徊在酒水区，慢悠悠地享受着一些吃的喝的。对于自己来说，早来惯了类似场合，所以绝不会蹩脚地求搭讪。甚至，还要特别有技巧地避开一些可能接轨的目光，以及不想搭理的人。例如，几分钟前擦身而过的、永远喊我王总的某眼镜男。完全是令人费解。

黑森林蛋糕一块碎屑掉在白裙子上的瞬间，我好不尴尬。而我的胃在瞬间也好像强烈抖动了一下。二十米外，站着东，定定地看着我的方向。

原来，这样的情节真正发生的一刻，才觉得一点不老套。也或许，老套的桥段才是人生中发生概率极低的精彩桥段。

东穿着灰褐色的衬衫和粗布裤子，全部都有点说不清什么质地，却简单得很好看，利落的样子快和窗外的雾霾天色融为一体。依然是硬硬的平头，很锐利，袖子挽起了三分之一，露出手腕的骨骼和男人的手表。长短适宜的衬衫也并没有掖进长裤。似乎单这一点，就胜出在场百分之八十的男士。

“叫我妮可……就行。”

还没等他张口，自己就赶忙提醒。之后，便一下就觉得自己很傻气。旋即也倒有点高兴，没想到自己还保有犯傻这种可爱的功能。

“其实一进场就看到你了。”

东的眼睛放着光芒，显出与他年龄不相称的幼稚兴奋，依旧是毫无半点掩盖。

开始和东讲话，才发现自己根本无意寒暄。不想和他去扯无谓的闲篇儿，觉得那似乎是对重逢的某种不洁的侮辱。

“我都是来蹭吃蹭喝的，你也是吧，估计以后会常见面了。”我歪着脑袋看他。

“蛋糕好吃吗，反正那边的春卷绝对是上周炸的。”

我低头笑起来，仿佛好久都无法准备好将脸扬起来。觉得他逗我笑的努力简直称得上可爱。

“一起吃饭吧。”东抬手晃了一眼手表。

“要吃好的。不糊弄的。”

似乎在只见第二次面的他前面，自己便愿意随意撒娇和挤兑，丝毫不需费心经营异性之间所谓的气场和吸引力。

东的车，是一辆与他气质毫不相符的黑色奥迪 Q7，庞大粗笨。一路，东稳稳载着我，车厢中一切都仿佛静了音，好像他在慎重地捎着一口前清的瓷瓶。我坐在副驾驶的位置，漫无目的地想象着，任何女人，看到丈夫车上这个位置被不是自己的女人占据，不管什么缘由和社会关系，都会在内心想立刻挠烂对方的脸吧。

车里的味道那么陌生，但闻得人心里痒。自问，自己多久没有这样简单纯粹地高兴了，哪怕，出去这扇车门，人人都要诅咒我。更何况，汽车这样的空间，里头坐着的男女，大多都是怨怼。貌似亲密，其实相互不惦记也不释怀。我不禁想到丈夫。

一路上我和东两个人一语不发，就像老熟人一样舒服地待着。其间，东递给我一瓶玻璃瓶装的橙汁，我一口气喝掉了半瓶。才意识到，完全没想问他会捎我去哪里。

这世上有一类男人，为数众多，让人觉得他们身上随时都外溢着某种炒菜油，感觉全身藏污纳垢，头顶好似能长出各类菌菇。这纯粹是一种气质，和社会属性与地位无关。

但是东这样的男人，是另一个极端，好像永远带着一阵干燥的寒气。像他此时握方向盘的手，上面青筋和骨节都显得特别一板一眼。我长久端详那一双手，可称得上我世界中遭遇到为数不多的美好事物，真想就此舒服地闭上眼去。

藏在河边的居酒屋，只经营些简单的日式烤串，非常逼仄和暧昧。餐厅的服务生和师傅都是显得非常年轻脆弱的小男生，辨不出国籍，个个静默地摆弄手里的烤串，一心扑在炭火上。一种无心刻意交流的自在氛围充盈着整个空间。

“感觉京都……好像有家一模一样的餐厅。”我说。

“那儿其实藏着好多很好的餐厅。有一家葱做得很好。”

“葱啊……哦。你总去日本？”

“没有。只是在京都住过三个月。”

“建仁寺旁边的蚊子太厉害了，还有，那些台湾游客……”我也不禁怀想自己当年独自旅游的场景，觉着如果有朝一日能和眼前的男人一起在那样的地方看夕阳，估计天天吃大葱料理也会高兴吧。

东一边听着我说话，一边很笃定地将腕上的那只表解下来，然后，咔哒一下放在面前的木头条桌上。

“你，肯定丢过好多只表。”

“对，”东不好意思地笑，说，“不知道，到了一个地方就总想先摘表。”

东显得非常紧张，比我记忆中任何一次约会的男主角都死板。原来终于两两相望了，就真不知所措了。

“嗯，这个馆子是一个怪叔叔带女大学生消夏的好去处。”

东听了，特别开心地笑起来，然后眼睛里有好多专注。那张脸真是很好看。无论是胡须还是嘴角，还有脸上的皮肤质地，都很讨人喜欢。这个年纪的女人，如果保养一般，和他站一起便可成功饰演母子。而孩子这种生物，即便亲生，站在他身边也仿佛没有携老扶幼的任何关联。

这就是东这样男人的特权。

说实话，自己从没想过能和他面对面吃一餐饭。那就像我和辰没走过的路，和没走完的路。一条十三年前根本不存在的路。那时的自己算不得真正的女人，何曾想见真正女人的样子。那时的自己，没有资格和辰独处，没有机会平等地看着他，更没有经验去安慰自己脑子里的残局。

一顿饭下来，自己一直是那个哇啦哇啦讲话的。不记得东说了什么，他似乎一直很缄默，但却让我觉得是如此幸福的一种交流。东定定的眼神，对我而言就像是某种温存和鼓舞。

“呃……现在外语不行的话，就跟残疾人差不多了。能不能请你有机会给我讲讲学习方法……”

看我喝掉一小壶清酒后，东半晌才开口。

我听了扑哧一声笑出来。想再见面，其实不用想这种借口。

“有几本书，下次带给你。”

零零星星的，有称得上美女的姑娘陆续出入餐厅，衣着和举手投足都挺显眼。人生第一遭，这对我而言变得丝毫无所谓。在东面前，自己仿佛是内心别样的骄傲和释放。知道东喜欢自己，像看星星看月亮一样专注地看自己。

小小的日本餐厅里，一直静静地循环播放着一支曲子。仔细听，心里奇怪，竟然是许美静的老歌，叫《回心转意》。爱的神话不要说走就走，请你继续徘徊，我不怕苦就怕等待。

这曲子，听了让人心都默默沉了底。

书房里，丈夫在闭着眼听古典音乐。虽然乐器都是挺洋气的，可是曲子在我听来就是一惊一乍。所谓高雅的调子，经常听了让人心烦意乱，有时就像一堆混乱音符的随意组合。

我进家门便摆出一副倦容，然后麻木地褪去衣服。对于这个在正确时间遇到的正确男人，我竟然丧失了对他绘声绘色讲故事的欲望。

我想，如果某天早晨，醒来发现身边躺的不是丈夫而是某个前男友，自己也许也不会多么讶异。也就得过且过地生活下去吧。

发不出“利兹卡尔顿”

午后醒来，他在我的旁边睡成幼儿园小朋友。

宾馆的暗橘色窗帘透进一点光，昭示着连接下午和傍晚间那种忧郁压抑的特殊味道。

东的呼吸，静得连声音都没有，只有胸口起伏，幅度非常大，像某种动物。睫毛的覆盖，让东的眼睛关闭了，看上去完全没有了对我的兴趣和感情。此时此刻，只是他自己的世界，而我完全没意愿去涉足。女人一旦对喜欢的男人一知半解了，就会充满兴致，继而陷入低级和无意的挖掘与痛苦。

学什么外语，我想。东即便是跟我认真上他半年课，也不见得可以将这家酒店的名字发出来，丽兹卡尔顿。

几个小时前，东是带着一脸要诚恳学外语的可笑表情，开车来接我午餐。在提议一支麦当劳的甜筒后，是我继续提议，去宾馆吧。就是这样，我们根本没机会和资格去慢慢了解彼此，我只想知道我们能有多快乐。

“我睡了多久。”

东什么时候就醒了，显得又安静又乖。

“从前天就睡在这儿了。我给你下了药。老婆都回娘家了。”不知道自己为什么这时候还企图开点玩笑。

我们面对面地躺着，看着看着，突然就一起傻笑起来，简直像极了小时候玩的某种对视游戏。

半晌，自己才开口问：“像我这样，懂四国‘英语’，还不巧是财经记者，见识又太多，最晓得用知识助兴，用知识扫兴，是不是……这样的女人……特不可爱？”

“可能吧。对。特不可爱。”东故意说得慢条斯理。

“过了三十就更可怕，要吓死你。”

东看着我的眼神，总是特别满足，仿佛充满为我的骄傲。或者说，既满足又满意，继而更加自恋，并喜爱他平时无法展露的那个自己。

之后，我和东共度的时间，只是在一起待着。车里，宾馆里，面面相对。即便如胶似漆时也没有任何奇怪或自私的体位，只有最大限度地拥抱和依偎。不需要为吸引对方说话或较劲，只要看着彼此，就无穷无尽地喜欢。不去吃饭，不去约会。为什么要一起做共进晚餐逛街看电影这种事，完全没有必要。从前和辰面对的时候，我自卑得不是女人。如今和东，自己似乎又已经跳过太多女人的人生步骤。

无限惬意地伏在东的胸前，我猛然想起，当年在给辰的情书里，还曾从杂志上摘下“你妻子如玉，女儿如花”这样的句子，试图让自己显得更悲壮点。今天看来矫情得想吐，无力耻笑。

而今，明知道心里有许多感情的惊涛骇浪，却不让自己去一一感知。宁愿相信眼前的东于我，只是好东西，错过绝不可能。

如果人生注定无趣，也无法无悔，还是要无脑一些。

爸爸的秋千

把所有工作邮件系统提前关掉。只要关掉，就看不到任何焦虑，看到也是明天了。

独自呆坐在家里，身上好像还有东的味道和那辆奥迪 Q7 的味道。也许，那根本是自己脑子里记忆给灌的迷幻药。

只摁了一个键，就拨到了兰迪那里，我唯一可以偶尔讲点真话和糗事的女友。所以这么多年，她没从我这里听见几句好听的。

“这次，真喜欢上一个人。”

“别这样成么，已婚妇女。能给我们这些青黄不接的剩一口么。”

“对方也已婚，还育有一女，谢谢。”

“那你们这算已婚人士内部消化。”

“出事儿了吗。”

“出了。”

“那你就更别惦记了，赶紧给我悬崖勒马。都这把阅历了，还整这款。”

“不过，先形容一下，好么好么?”虽说义正词言，但兰迪那副八姨太的八卦表情，隔着一条电话线都跃然眼前。

结果，完全等不及听完我的叙述，兰迪就打断：“哎哎哎，这根本就是大叔寂寞难耐的诱奸。没有什么深远的意义，根本就……”

“我说不清。”

“悬崖勒马啊我说。你现在重新做人，回报社会还不晚。”

临挂电话的时候，姑娘又嘱咐一遍悬崖勒马。五分钟后，又收到兰迪追发的短信，她态度坚决，就是要团结、教育并挽救我。

我说不清。按世俗标准，自己已然出轨。

或者，真有所谓轨道？我们的忠诚就是站在并不存在的婚姻大门前看家护院吗？轨道的存在，是不是就是为了将人人塑造成无聊的骗子？

听见丈夫开门、关门。那是他回家的声音。知道他在玄关换拖鞋，然后会直接去厨房喝水。从丈夫进大门到进卧房，一般需要两分钟。

我不是那种冲出去迎接自己丈夫的妻子，他也不是回家第一件事就寻我的男人。自己是不是个好妻子？人生第一遭，我莫名其妙地自问。丈夫会不会也内心暗自失落，想我为何不守在门边给他递拖鞋，为何不炒好两个小菜在家等他，为何要东跑西颠跑什么采访、见大把的陌生人。

“回来了？”

“嗯，回来了。”

丈夫和我一问一答。突然觉得，我们之间的对话，不比丈夫和饭桌上“拉布拉多犬”男人的对话有意义。

回想交往过的男人，包括丈夫，都只是男欢女爱。规定动作和8.5分的平稳落地。这其中，充满纠缠和妥协，和事倍却功半的沟通。大家手拖着手，带着怨恨，瞎着眼睛往前走。

可东这样的，对于我，是一束刺眼的追光，照亮我所有举手投足的表演。不需要任何铺陈和沟通，就只想专心看着彼此。然后，像神经病一样地喜欢。

我从没见过一个男人，那样喜欢我。

也不是什么爱，这和深沉迂回自我牺牲无私奉献的爱根本无关。只是简单的喜欢，如何如何的喜欢，那么那么的喜欢。喜欢又深深连着欢喜。像小时候，爸爸把我的秋千荡到最高，眼睛里那纯粹的欢喜和兴奋。

我想，自己不怕爱，不怕由此连带的责任和牺牲——生活的一切沉重，每个成年人最终都可举重若轻。但我怕这样简单的喜欢。

一辈子别让我知道你老婆的样子

冬去春来，这个城市又正常了一些。行走在街上的人们开始充满希望，纷纷忘了刚过去的冬天是怎样的挣扎。曾经甚至没有一口洁净的空气。我不禁叹息，人自以为有规划，但其实是这样健忘，个个过着吃了上顿没下顿的生活。

我和东的偷情，已经进行到第五次。他的时间自由，我从事的恰巧是时间更自由的营生。午后并肩躺在一起，依旧是毫无缘由就对视而笑。也许永远这样下去，也不会有披头散发的女人找上门来。

“我可能得出去，三个月到半年吧。”东从酒店的浴室出来，一边飞快地擦干脑袋，一边说。

东在淋浴的时候，我便透过巨大的玻璃墙看他。泡沫堆积在他刺猬一样的脑袋上，煞是有趣。我想，自己真的是爱上他了。

“不在中国?”

“嗯。得到美国待几个月。”

“你洗个澡，比猫吃完鱼梳毛还要快。”我从后面抱着东，说。

“头发短嘛。”

虽然看不到东的脸，但他紧紧抓着我的手。毛巾也掉在地上没人拾。我知道他的表情，是那样笑眯眯的。

去美国。他不必要说，我也没再问，内心知道是为了他的老婆孩子。东和我都不会提现实。其实不是逃避，而是丝毫没这种必要。即便按通行的标准，他不是我小二我不是他小三。和这些数字没关系。说白了，自己与他之间，在现实中没可持续性，但在思绪中，谁也不会轻易放弃。

有很多你认为老婆绝不能难看的男人，最后老婆一亮相，就是两个字，难看。东的老婆就绝不应该难看，更不能是烫着头、素着面、戴着眼镜又上了年纪的女人。

一个男人的女人，是他最大的品位。如果拿不出手，伤的其实是别的惦记他的女人的心。

我像摸一只猫咪那样抚摸东的小刺头，心里想，一辈子别让我知道你老婆的样子。

其实，东给我的这几个午后，自己已经该满意。时刻执着、不能放下的念头是，如果十三年前的自己像现在这样成熟，和辰共度的分秒一定就会是这般。

两个锦上添花的人在一起，如果贪恋一些你侬我侬，绝对是要倒霉的。这就是为何，我们各自的婚姻生活一定都不会中断。像某种薄利多销的买卖，一定持续做下去。这真真是种经营。天作之合要付出悲惨代价，根本是个不存在的假命题。

十年前，自己刚到国外念书的时候，曾经颤颤巍巍用外国号码打给过辰。觉得那一串外国的区号可以给自己壮胆一般。那通电话，是多年来唯一的一次。然而，另一端传来的，却是公鸭子一样的嘶哑嗓音，非常市侩，还昭示某种俗不可耐的中年气质。清楚记得当时的辰，似乎还带着些酒气，问我为什么上的不是牛津剑桥。滑稽至极。

“到了美国，还是一样联系，我还是这个号码。”

东特别诚恳地看着赖在他肩膀上的我。那眼神不明就里似的，看着让人有瞬间的心酸。

“你好啰嗦，全球通嘛，我听过的。”

“你在北京都不联系。”

“所以你才敢假惺惺让我联系你啊。”

东一点都不好玩地看着我。我知道，他清楚我不会再联络，哪怕是三个月后。这和美不美国没关系。

然而，这又有什么不能割舍的。对任何正常的成年人，这些应该都在可以应付的难度内。遗憾之余，人人也许甚至会有小小的庆幸。除了当年放下辰电话的我，那么伤心。

东离开两周后的周一，一大早，我乘出租车赶往一个愚蠢而常规的新闻发布会。突然的，就收到芝加哥发来的信息。

在我一直的印象里面，芝加哥是个有“双重人格”的城市。那里的夏天明媚妖娆，冬天却漫长，且十分惨烈。此刻，我坐在北京一辆充满不洁味道的出租车后座上，已构想不出那个时差十二个小时的寒冷风城。

手机上只显示了一张照片，没有文字。照片上的自己，手举着麦当劳的圆筒冰激凌，笑得很霸道，显得像个小女生。说实话，我从没见过自己那么好看。

“收到。原图可以删了。”我飞快在回复中打字。

随后，我删掉了整个这组会话。

出租车里，我第一次果断地用自己的手机拨通了那组号码。十三年前就牢牢记住的那十一个数字，像是存有巨款的银行卡密码，多少年想忘也忘不掉。

“对不起，您拨打的号码是空号。”

他终于离开了。一下子，自己像突然抽了线的木偶，摊在了出租车的后座上。

我不停问自己，几个月前，当东推开那扇餐厅包厢的门，我究竟看到了什么？第一次心动的氛围、气息和一切原来会收藏在灵魂里。其余那一切谈的恋爱，都只配在记忆里有一席之地。灵魂里落地生根的事，人是根本斗不过的。有相似的场景，自己和时光都会倒退。那是一种永恒的兴奋。

对我来说，近三十年大部分的人生胶片完全是黑白，图像乏善可陈，一晃即过。其中只点缀着屈指可数的几帧有颜色的瞬间。其中，东推开门走进来的一刻是完全彩色的。

我想，对于这城中的每个女人，情况也许大同小异。一切的青春和精气神儿，都耗费在又臭又长、充满废气的黑白默片里，所以自己才格外清楚，哪里闪着一些小色彩。

对于每个个体来说，那不能不说是非常耀眼。

佐 伊

“我已经停止在乎”

新年两大发现：

① 日本男人爱穿帽子上有一圈毛的羽绒服。

② 看似弱智的彩虹糖真的很好吃。

在随身携带的记事本里，我满意地记下了以上两句话。

午后的澳门茶餐厅，毫无澳门气质的服务员小妹隐忍地拾掇着附近桌上狼藉的杯盘。脸上一副生无可恋的表情。

人大多都是三三两两扎堆儿，想必全是附近写字楼的各种同僚。一个面老得几乎称得上老年人的西服男，和两个二十多岁的女职员对坐而食。老头儿挥斥方遒般谈论着什么，两个姑娘均面露紧张和难色，面前的套餐进展也很小。跟一个办公室的人天天吃这种工作餐，有几个意思呢？怪不得如今便秘的白领那么多。

对面桌一个四五岁的小女孩，肆无忌惮地站在椅子上等着妈妈喂。小女孩穿着繁复的粉色纱裙，搭配白色毛裤袜，梳着一脑袋小辫儿，每个上面都别着亮晶晶的卡子，显得很事儿。小女孩一直用一双小眼睛的眼角瞥我，没什么友善和天真。我也没冲她笑，反而做了个可怕的鬼脸。

我喜欢自己悠闲的中午，随意选择自己中意的餐厅。然后，每天在绘有猫公主图案的记事本上写点什么。这一点点小小的每日记录，总能让我心里喜滋滋的，觉得自己像发芽的小树一样充满活力和可能性。

为了不完全自绝于人民，我也会时不时假惺惺地问一句午后归来的同事："中午吃的什么呀？"

对方一旦作答，我便会及时说一句："那不错啊，有时间一起去吧。"然后，就不再有然后。

说实话，自己也并不是一直能这样自得其乐。难以想象，到了明年，我踏入职场就满十年了。

三十岁之前的自己，认为全世界挑刺的焦点都在自己身上，从来是忙于奉迎各种职场脸色，谈不上一天自在舒坦的日子。自从在全世界惊异的目光中，跳槽到这家所谓"顶级婚尚文化公司"后，才发现三十一岁已然堪称德高望重的老妇女，于是我便及时在脸上挂出"合则聚，不合则散"的招牌。

世界终于清静了。直到最近一个二十三岁的女生在办公室和我讲话开始用"您"，我才开始反思，自己是不是也有点儿过了？

可以想见，我在公司同事眼中简直呆板无趣。不过我早已停止在乎这种无聊的事(I've stopped caring)。傻妞儿才和同事当朋友。作为这个城市的"土著"，我工作外的朋友实在挺多。简直声色犬马嘛。在办公桌前，我不禁露出一丝坏笑，然后忙不迭收起表情。

目光所及之处，是公司在每个员工桌上显目位置贴着的职工姓名。早在去年，我便及时摘掉了自己的"佐伊－Zoe"，将留下来的空当贴上了政治局常委的名单。

其实也说不清自己为什么要这么做，就像是急于清除某种不洁的东西。也许是讨厌被标签化吧。显然，每个员工，都只是这个小蜂巢般平庸企业里的一个螺丝钉。对我来说，走进贴满员工姓名的办公室，就像走进了超市的生鲜部：××是五花肉，××是鸡翅根，××是排酸牛肉。我对此很排斥。

不过，我已经停止在乎(I' ve stopped caring)。到了三十岁的挡上，自己才突然觉得属于佐伊的人生豁然开朗。这在从前从未有过。记得二十多岁的光景，自己永远在某种惴惴不安中折腾，有时莫名其妙就痛苦得一塌糊涂，如今回头看却又十分惘然。

可以说，在人生中我头一次达到自己的内在平衡(如果有内在平衡这回事的话)。没有什么爱情是让我伤感伤肺焦虑难耐的，没有什么目标是必须达到否则寝食难安的，更没有什么脸色或旁人是让我倍感压力或心生惧怕的……人生第一遭，我按着自己的节奏生活。

我觉得自己看上去还不错。

一百次的做爱限额

开着车，我不禁在车厢这个属于自己的私密空间里得意地慨叹自己的成熟。终于可以称得上少妇或熟女这些字眼了吧，我颇有成就感地想着。

其实，今天招呼在身上的这条绣满亮片的一字裙，紧得完全分不开腿，连迈上自家车都是相当困难。唉，这样的裙子是不是只有瘦成一束光的女人才穿得自如呢？

快到家的时候，我照例在常逛的购物中心踩了一脚刹车。再上车的时候，副驾驶已经稳稳坐着一个充满小熊图案的手包。形状还是挺成熟的经典款式，只是图案很童真，我这样自我安慰道。而且，毕竟是这两年最流行的立体刺绣呢。

扪心自问，今年开始，自己购物的热情是有点邪行的趋势。搞得我经常在进家门前，狼狈地把买来的各种衣物都倒腾在一个包里，于是，老公看到就会以为我只买了一个包，而已。

但这也不是罪啊。我都三十一了，这也算女人的中年危机吧。

“吃什么？”

“去楼下吃小火锅吧。”

跨进家门，看到老公竟然没有加班，嗷嗷待哺似的坐在电脑前等饭辙。

“你提着这个上班不太合适吧。”他显然是指我新买的小熊包包。

“怎么不合适了，这是限量版。”

“这不高中生背的，一看就是。”詹的言语中透着轻蔑，我很不喜欢。

“别老穿得奇形怪状地去上班。”

詹又不长眼地追了一句。这显然是指我迈不开腿的亮片裙。

“你一个男子汉大丈夫，能不能不要总关注我一个小丫头片子的裙子和包啊？我穿什么重要吗？街上那么多女人穿得比我不得体多了，我不错了我……你能不能想点运筹帷幄的大事。”

自己语速极快地回敬，声调也高了起来。

“我可什么都没说。随便你。”

詹的声音无精打采的，一下便惹得我心情极差。我狠狠白了一眼，用他听不见的声音说了一句“你不说话会死啊”。然后，故意咚咚咚地走进卧房。

把新买的小熊手包放在梳妆台最显眼的位置，突然心里就一阵凉意。我的生活终于完整了、痛快了，这没错。可老公这个人，却不知从何时开始成了唯一败兴的音符。

我和詹婚后已经晃悠到第六年，连磨合的必要也几乎没有了。詹曾经可以伤害到、或激怒到我的言谈举止，如今自己都可原地一笑而过。即便起了冲突，我也可以做到长时间不说话，而不急于纠缠着解决或原地和好。于是，貌似自己就这样在不知不觉中，成为了一个不为男人闹心的淡定女人。

可是，问题便随之出现了——原来，事情一旦圆满，男人存在的必要也很小了。

其实，所有这些变化，都是在过去短短一年中发酵的。

记得，在结婚的头三年，我常常赖着詹。无论是外出散步、郊游、访友还是串亲戚，自己都像长尾猴一样天天挂在他身上。两个人也时常有些床头打架床尾合的闹剧，每次还都会把自己气得半死。

一年前的自己，曾经还会因为上街詹没有主动牵自己的手而发脾气。记得当时，自己和詹站在麦当劳的大门口，幼稚地对峙，近旁人流熙熙攘攘。我说，你干吗现在都不拉手了。詹说，太热了啊今天，好好好，我牵着，我牵着。然后，他老好人一样赔着笑脸。

从前的詹，或者说仅仅一年前的詹，也不会发出类似今天对小熊手包的刻薄评论。一次，我们一道去郊区兜风，看着水里的鸭群，我欢快地拍手叫“鸭鸭，鸭鸭”，场面很是做作夸张。但詹还会憨厚地傻笑，然后将手放在我的后颈上，让我也觉得自己蛮可爱。

这曾经是我们的模式。

我不觉得随时幼稚地拍起手来有什么不妥。小熊和鸭鸭，这就是近三十一岁“高龄”的我偶尔真实的样子。为什么我的生活就不能这样进行下去，但就是不行。那个扫兴的主力，就是詹。更重要的是，横亘在我和詹之间的，有个不存在的孩子。

和我同岁的詹，在会计师事务所工作，出差和加班已经变成他这类人平素的生活方式。平心而论，詹绝对算个体面温良的男人。我曾看见他自认四下无人时，抱起家中的猫，偷偷嗅它毛茸茸的小后背。

也许，詹就是这样一个热爱生命和小孩的男人。而对他这款男人而言，检验女人爱自己的唯一标准，就是她是否愿意为自己生仔。奇怪，当年谈情说爱时，觉得两个人已经就所有共同关心的问题深入交换了看法，为什么独独落下如此重大的议题。在孩子这个问题上的价值观，就这样被当初依然很低幼的自己忽略。

詹想要孩子，简直写在脸上。而我呢，没有不喜欢小孩，但在自己人生的这个阶段，我只是不讨厌他们。这就像昨晚当自己问起詹对某个女演员的看法时，他淡然地一撇嘴："只是不讨厌。"

原本以为，既然我和詹岁数还算轻，孩子的问题，自己也许可以佯装视而不见。必要时刻装傻充愣也不是不可取。然而，这种起初微小的张力，在我和詹之间竟然慢慢升级，直到最近，演变成似乎若自己不诞下一儿半女，作为人妻的价值也将被打上黑灰色的问号。

近一年，詹对我的许多老毛病已经慢慢失去耐心。有时不仅不赔上笑脸，反而言语刻薄。如此明显的不快，在我和詹之间膨胀，却无法沟通。我自然知道他着的哪门子急，但我更知道自己。这种感觉，就像房间的角落里静静站着一头庞大的粉色犀牛，却没人指出来。

吃完小火锅，我和詹，没有牵手，一前一后回到我们冷淡的小家。我已疲乏索然到极点。即便在涮锅的时候，詹也不像从前那样顾及我的喜好，任性地点了海带、香菇和午餐肉。全部都是我饭桌上的敌对。

“你以后吃饭，能不能先问问我想喝什么，不要自顾自就点啤酒然后自斟自饮。人家国外，什么的，都是先问女士想喝什么。”

进家门后我小声地抱怨，怕引起更多不快，但不说出来我更不快。

“问不问你不是都喝白水。”

“不是，但是……”

还没等我组织起句子，詹不耐烦地说：“哎呀行了。以后问，问。”

那一脸息事宁人的表情和口气堵住了我的嘴。我很熟知，这个信号往往是詹要发脾气前最后的一点耐力。

我扫了一眼梳妆镜前的小熊手包，觉得没劲。然后更没劲的问题来了，这么累，究竟是明天一早洗澡，还是今晚不由分说把澡洗完？……今晚洗，明早可以多睡半小时，但头发压一晚会像盘丝洞。明早洗，虽然早起，但现在自己便可以全面涣散在床上玩儿电脑……

不知道自己为什么几乎每天都要进行这样毫无意义的内心对话和艰难抉择。这是否在某种程度上和今年生孩子、还是五年后生孩子有某种共通处？

正在自己邋遢地穿着打底裤坐在床沿琢磨的片刻，詹忽然走到落地窗前，拉上了两扇蓝灰色的隔音绒布窗帘，然后回头做出了那种表情。

结婚六年，每次“滚床单”前，詹都会拉窗帘，继而露出一种固定的、幼稚欣喜的邀约神色。

“啊，觉得自己特别脏乱差。要先洗澡。”我赶忙说。

“没有，跟小仙女一样。”詹走过来，鼓励地拍着我的脑袋。

“还是要洗澡，浑身香辣锅底的味儿，你闻。”

“哪有啊。哎，无所谓嘛。”

其实，詹和我的亲密频率今年持续走低，类似今晚这样的邀约，实属难得。但是，住在房间角落的那头粉色犀牛一直幽幽地看着我们。结婚六年，似乎若不是为了造人，夫妻亲密也变得完全无的放矢。是啊，和同一个人滚六年床单，又无意繁衍，意义和乐趣在哪里呢？

我知道，詹今晚一定又想试探，并造成一些生物上的既成事实。

想到这里，一股无名的巨大压力仿佛瞬间坠落在我的胃里。

据说，和同一个人做爱一百次便会再也无法提起真正的兴致。之后的，都是顺坡下驴的某种夫妻福利。

我和詹之间，想必早已超出限额。而对于那些有孩子的夫妇，偶尔的夫妻生活，也许还能变成季度性感恩的真情大回馈。

我要如何告诉詹，其实，常常看着压在我身上劳作的他，都觉得有这个时间还不如去织件毛衣。男人听了这些，想必都会当场抽羊角风，但这种想法，的确广泛存在于自己的不少女友中。

男女之事，竟然有一天会走到“只是要给对方某种交代”的地步。而这个交代，最终只能以孩子的形式使双方都释然。

所以他们都有孩子。

窗帘白拉了，詹脸上升起无比烦闷的表情。我也懒得哄。我知道詹只是想要孩子，也清楚自己不是个一般人认为的理想老婆。但这并不是我必须扮演的角色。活了三十年我逐渐明白，唯一不能推卸的角色只有自己。

“我先洗吧。我快。”

没等我回过神，詹已经一边走一边利落地褪掉所有行套，一根葱一般进了浴室。

哗哗的水声响起来，几乎是同时，詹的手机在寂静的卧室里突然短促地震动。像放了一个清脆尴尬的屁。

我若无其事地走过手机摆放的地方，清楚地看到点亮的屏幕上显示着“Rachel (瑞秋)”。

一种突如其来的执着，让我近乎坦然地点开信息，然后看到莫名其妙的一句“I wish I didn't know now what I didn't know then.”

我知道老公外语好。从早年一贯好。我也自认这句话中没有不认识的单词，当然没有。但依旧是全然无法破译这里面的小九九。在瞬间的耻辱和恨意中，我删掉了这仅有的一句。

这一澡，詹就洗了四十五分钟。我戴着已经开始泛油和痒痒的满脸底妆和晕染的眼线枯坐了四十五分钟。Whatever。我也用英文丢了一句。

六级和专八

一直很喜欢这间糕饼店，原因是它被盖在高高的台阶上，像个神殿。阳光柔和的午后，可以惬意地坐在落地窗前，慢悠悠地观察小广场上可笑的路人。

林赛已经坐在靠窗的位子等我，东西也点好了。看见我，招呼都不打，只说了一句："呦，你丫今天又这么好看。"

虽说是糕饼店，但每次我们都不点任何蛋糕，只喝些梨汁什么的。

她都三十二了。我不禁对着这个自己最熟悉的女人默默感叹。这家伙和我从小姐妹一路聊成了老姐妹。最有趣的是，每当我遭遇不堪的事，她总会恰巧及时来电约谈，原因是她自己也遭遇了某种感情状况。这简直像女子监狱里犯人们的月经期相互影响一样。

“那谁可能有人了。”

自己轻描淡写地抛出了詹和詹手机上的疑似英语小三。

“有什么迹象？怎么确定的？当面和他对峙了？”

仨问题都问到了关键，这家伙不愧是外企里前途光明的中层管事儿。

林赛已经离婚小一年，坦然地和一个长得像短脸休·杰克曼的英国人谈情说爱，一车一车网购东西，但脸上却似乎愈发憔悴得紧了。

我知道一旦今天自己打开劲爆话题，她便会决定把自己崴泥的事先收起来不议了。

“我新买的小熊包儿，喜欢么。”

“说重点！”

于是，洗澡、英文、短信、孩子，我没什么条理地把糟心的事捋了一遍。

说完旋即便后悔。觉得干吗要这么无力地暴露自己的无力，即便是在林赛面前。

“我觉得我们已经不能给对方想要的东西……就跟俩亲戚在合租房子似的。”

“一条短信太捕风捉影了。当然，我承认那女的是有问题。”

“我不用判断。那就是他外遇。”我字字咬牙切齿。

“即便他没这一出，你还愿意和他过吗？”

“我只是没有什么抵触，而已。”

“其实人人都会有，这种，有的没的的关系，发两句骚情的话，什么的。你也不能活在真空里。”

林赛眼光变得茫远，露出先知嬷嬷般的光辉。

“现在的情形是：我需要给他孩子，他才完整，我们的关系对他来说才完整。你明白吗？但他不用给我任何东西，目前我就是完整的。我从未感觉这么好过。真的，不管你信不信。他和他的各种‘陋习'已经不能剧烈地伤害我，或让我失落。我也不需要孩子，真的，至少目前不需要。"

我十分抑扬顿挫地说出了所有的态度。林赛突然移开眼睛，反而变成了不淡定的那个。不再愿意直视我的目光。

"我反正要生孩子。"

"你连丈夫都没有，生个屁啊现在。"

"那还不是说有就有。"

但不知怎的，林赛说这话的表情有种特别的复杂，搞得我都有种想为她点支烟的冲动。

"我不会当面问他的。何必让自己掉价。"我继续咬牙切齿。

"那倒是，发这种短信的女的肯定自己英语四级都没过。"

"嗯。但这句英文他妈什么意思。"

"嗯……"

“你丫不是专八吗。”

“你不也六级吗。”

一阵滑稽的沉默。身后桌一个长得像某个网络表情符号的小男孩突然发出连续尖利的嚎叫，给我的心脏带来一阵烦乱的猛跳。一桌子家长却都用赞许的目光看着他。

“其实，如果你早晚要生孩子，晚生不如早生。你要说，嘿我这辈子不要孩子了，那也是个事儿。既然要孩子，还是早点要。”

林赛突然像被我的家长或亲戚附身了一般，中肯地说着，“我现在要不是还漂着啊，我也就要了。”

“而且，你现在生了，你父母还能帮着带。他们以后年纪只会越来越大。”林赛继续说，头头是道。

听着林赛早生、晚生和父母帮着带的言论，我心里莫名其妙升起一种压不下去的不耐烦。“你早晚要生孩子，晚生不如早生”这句，今年自己已经从不下十个亲友口中听到。全世界的成年人，像一个战壕里的僵尸一样，努力同化和自己不一样的人。

“为什么一定要生？生、生、生，我没有义务生孩子。我就自个儿活着不行么？哪来的这个义务？就算我要生，我就一定自己带，干吗鸡贼一样非得靠老爸老妈？”

自己几乎是毫不思索地说出了上面的话。然后，看着林赛极难看的表情，才觉得也许自己有点过了。于是又赶紧往回找，说：“我不知道。生了孩子，我的一部分就永远死掉了……每一种自己都有它的寿命。但现在的这种自己，我还没打算让它寿终正寝。”

“你今天说的是两件事。外遇和生育，你先拎清楚。”

“……”我默然。

“这女人的事情你怎么弄，总得处理。你认为自己现在云淡风轻，跟你说，哪天忍不住，还是会披头散发去挠人。”

林赛继续一脸凝重，似乎要逼我说出“一定闹到他单位去”这样的话。

“先晾晾吧。我在他的问题上还是有点自信。就是给他四条腿他也不会走。”

“我的一部分就永远地死了”

和林赛分手后，我给自己拦了一辆出租车。向司机说出目的地后，又追了一句：“走国展吧。”

“国——展——？”

司机就跟没听说过这个地名一样，故意像个太监拖长了每个尾音。

懒得理他。明明知道怎么走，还劲儿劲儿的。

车子长时间堵在辅路上，路边的药店贴出醒目的牌子：新到万艾可(伟哥)。旁边还有贴心标注：饭后酒后均可服用。

所以说，男人约女人去吃饭或喝酒，就是没安好心，真是有力的佐证。但当詹拉上窗帘的时候，和我这个女人内心所想的，也许差着十万八千里。

男人的思维和意图，早年曾经让自己深深着迷和困扰。但近两年，已经越来越懒得分析。再怎么剖析总结，还是两个物种。他们总有本事把你击垮。男女之间，之所以那么多乱七八糟的事，就是因为双方在一个牌桌上玩儿，却都不按对方的牌理出牌。我们玩儿的根本是两套游戏。

身边总不乏女友，在关键时刻让身边的大男人跑腿儿为自己买卫生巾、验孕棒或避孕套，以为这样便占尽心理优势，其实屁意义没有。这些都该你自己承担，所带来的一切最终也只是你自己承受。

我脑子里胡乱转着万艾可、卫生巾、验孕棒和避孕套，八点半才跨进家门。发现詹根本不在家。手机上也没一条信息。

我走进浴室，长时间地泡澡。之后，对着镜子，将这一周长出的多余的眉毛一根一根细细地拔掉。一种小小的愉悦和成就感就此跃上心头。

“上哪儿去了？”

我用一种自己都陌生的口吻，质问刚刚进家门的詹。

“加班啊，还不是。外面吃了点。”

看着詹一脸的坦然，我的心突然就气得直发痒。也许林赛说得对，没人能云淡风轻。

“你觉得这么过有意思么？我没做错什么，你也最好能自觉点。”

“你又怎么了？”

“什么叫又怎么了？”

“我跟你说你别动不动就……每天就看你那张破脸。”

“我动不动怎么了？我跟你说，我知道你怎么想的。”

“我他妈想什么了啊，有病吧你。”

一不做二不休，我觉得胸腔急剧充满一股力量。

“你知道吗？孩子、孩子生出来的一刻，我的一部分……就永远地死了。我，先是我自己，然后才是一个有生育能力的育龄期妇女……我喜欢自己现在的状态，喜欢自己和自己的关系，喜欢自己的荒唐、胆小、拖延、幽默和网上瞎买，就是留恋这样的自己，不想做充满光辉、伟大和牺牲的你的孩子的妈。现在还不想。这和你没有关系。我只是希望这样的自己……在此刻继续活下去，不要死去，不要蜕变，更不需要个孩子为我超度。”

自己像个机关枪一样，突突出了埋在潜意识里的所有实话。突然觉得有点轻松，也很心酸。空气中仿佛凝结着无数要掉下来的利箭，就像电影里演的那样。詹盯着我身后墙上的一点，目光寸步不移，好像已经傻了。

“你有时候真他妈恶心。”

半天过后，詹狠狠地说，我却像没听见。

“你可以和你的什么瑞秋，还是秋裤，whatever，在一起。I don’t care。英语我他妈也会说。”

听到这里，詹就突然露出狰狞的神情，五官开始走形，眼里却不乏一丝理亏的脆弱。

然后，詹就像一阵飓风般摔门而去。听着门发出重重的“咣当”一声，一阵熟悉的宫寒袭向小腹。我知道，是月经就要来了。

请不要对我有所期待

娘家的夜晚显得特别安静。空气中，好像有催眠的暖意在流动。那可能是爸妈都在的某种感觉和温度。一直以来，抵触“娘家”这个字眼，觉得是让人起鸡皮疙瘩的字眼，说不清缘由。

詹摔门离开后，自己便毫不犹豫地一脚油门回了爸妈那里。没有逃回娘家诉苦的动机，只是突然想静静地，和这日益显得呆滞的老两口待会儿，哪怕只待上那么一会儿。

老妈在欣赏的电视剧八点档还很热闹，连广告时段她都不肯转开频道。后宫嫔妃、一夫多妻的玩意儿竟然总爱被女人们一再玩味。电视里，婆婆妈妈的女人们轮番上演，就像千万只手互相挠来挠去，仿佛给男人看的一场笑话。

眼看着老妈一边看电视，一边用一把生锈的老刀轻快地给一些奇形怪状的荸荠去皮，自己糟乱的神经不知怎么就静下来了。近旁，爸的呼噜声已经失控。

“妈，你当年为什么决定生我?”

我甚至并不期待眼下专心又耳背的老妈会接着我这句。

“嗯……也没有，就忙忙叨叨的，然后一抬眼，发现周围人都有孩子了。”

“而且……”

老妈说着一努嘴，暗指已经在一电视的宫女嫔妃前睡成一座呼噜山的老爸——“他，不是特喜欢孩子么。”

我默然。然后说了句“噢”，下意识地噘了噘嘴。

“你刚才那表情，和小时候一模一样，就四岁多那会儿。”老妈说完，突然自己就那么呵呵一乐，眼也没再抬。

但我的眼泪就酸上了眼角。

原来，不管我变成什么样，穿着怎样的奇装异服，在别人眼里是泼妇、婊子、长舌妇还是母夜叉，在这世界上某一个女人眼里，我穿越这些变化却毫发未伤，也根本就不曾变化。

原来这就是妈妈。

老妈关了电视，我也回到自己曾经的房间。把红糖姜水泡好，暖水袋备好热水，然后把心一沉，准备迎战月经和它的疼痛。

詹和别的女人搞暧昧，而且竟还是个英语好的女人，这对我不是没有触动。

当初，自己和詹是在火锅聚会上认识的。我们调的小料一模一样，全部选的麻酱，又都额外要了一碗海鲜料，还放齐了韭菜花、腐乳、芝麻和香菜，很是事儿多。

局后，瞅准续摊的时机，俩人避开一众朋友，带着各自一身的火锅底料味，在夜风里漫无目的地瞎走。那是七年前了。

从始至终，詹都追我追得很实诚，让我从心里想发笑。

第一次正式约会，他送我一个包装得严严实实的小盒子作为礼物。回到家的我，撕开包装发现是个极老土的八音盒，上面挺着一个嘴和鼻子都粘歪的芭蕾舞小人。我正要上弦，把手就拧断了。就在那一刻，詹的信息发进来，手机屏幕上愉悦地闪动着小字：礼物还喜欢吗？

……那一瞬，我真是无言以对，却在心里就此认定和这个男人交往下去。

第二次见面，我顺道便拉着詹去了女士内衣店。自己在里面可劲儿地挑选，詹局促地站在玻璃墙外，像个傻小子。只记得当时提着一袋子胸罩的自己，一出店门便开玩笑地问詹是什么罩杯，然后故意抱怨说“这家店尽是A杯和B杯的，而且里面塞得厚厚的像拳击手套呢”。好像是急于宣布自己的伟大。

当时詹的一张脸，好像爱我不能自拔。现在，那个叫瑞秋的女人，又究竟是什么罩杯呢？

自己胡乱地想着，发现詹所有的东西都落在家里。手机、烟、打火机、电脑、外套、车钥匙……一样没拿就摔门走掉，和当年一样缺根筋。

五年来，在某些方面，我对詹已了解得底儿掉——自己老公在感情上就是个彻彻底底优柔寡断的男人。不管如何决裂，忍不了两天就开始找茬和我讲话。

可是，即便自己现在是一个人待在十七岁时的卧室里，那头粉色的犀牛，依然在房间的某个角落里幽幽地凝视着我。詹的孩子在哪里呢？作为老婆，我竟然都没法作答。

我深知，詹不是对我不重要。奇怪的是，我已经毫无预兆地、一步步成了今天的自己。当年一拍即合的爱情却不再同步。而就在今夜，我是如此留恋这个自己千辛万苦刚刚构建成功的、仅属于我的世界。在里面，我不用向任何人频繁去交代，也请不要对我有所期待。

“大姨妈”的阵痛让自己心烦意乱，无力再思维。我依旧支撑着去小熊手包里寻出记事本，然后坚持歪歪扭扭地在今天的空白页写下：我没有不喜欢孩子，我只是不讨厌他们。

至少今天的我这样想，至少今天的自己，是完整和平衡的。

这可是“大姨妈”的旨意。

黛 比

不提老婆，不摘戒指

我看到那个男人的时候，他正拿着个剃须刀一样的绛红色袖珍相机，上下左右地随意拍些东西，让人不确定那些照片成像效果会怎样。想必一定很个人化吧。

在墨西哥总统府的游客中，看到这样一个人，让自己感到意外。他的身材气质，很容易便和周围一众脑袋大脖子憨的墨西哥“何塞”或“拉蒙”区分开。

这个男人好像有某种洁癖，只是一个人认真观察和记录那些不知道什么来头的陈设和建筑。旁人都在叽里呱啦地聊天，然后走马观花地匆匆而过。男人放下相机的时候，便研读墙上的景点说明，仔仔细细的样子像在审题。

他看上去已有些年纪，在他身上，小伙子的毛躁气和对自己的不确定已经荡然无存。要知道，男人要完全褪掉这层气质，不过五十恐怕是不行。男人鼻梁挺直，乍看下，五官基本是西方人的路数。但偏暗的肤色和并不算太深的轮廓，又让人不能肯定他的国籍。他脖子上围着短短的、交叉而系的深褐色围巾，上头有暗暗的竖条纹，单肩背个双肩包。光这两项有性格洁癖的细节，就足以将他和全世界大部分“贫下中农”男性划清界限。

在这个时间出现在墨西哥，完全是我计划好的旅行。一个人上路，一个人在国际航班上天昏地暗，一个人闲逛，就是为了去一个遥远陌生、听上去不太是香饽饽的地界，然后，看不到任何提醒我有关哪座熟悉城市的东西。

二十九岁生日的前一个月，我辞掉干了两年的电视台工作。

两年的频繁夜班生活，零次上镜机会，还有一个扶不上墙的小男友，让自己在辞职后彻底陷入恨恨而死，继而从恨恨而死中又艰难地把自己组装起来。回想初到电视台的日子，自己也有过三个月的踌躇满志，但部门里的中年女制片死活看我不顺眼，眼神像要把我就地捏死，任凭我如何努力和她聊她爱子的话题都不管用。一次，她还勒令我写检查然后在部门里宣读，原因是十一点的夜班我早退了十五分钟。辞职的那天，我看着女制片白花花的一张老脸。那上面的一双眼，永远充满警惕、嫉妒和不自在；那上面的皮肤，仿佛是因使用过多高档含毒的化妆品而变得很脆、很软、很薄。那一瞬，我便已经打定主意要去某个远方，赶走一切思想余孽，然后把好多纠结想明白。想不明白，发誓即便从墨西哥湾漂走到迈阿密也不许回来。

我以一种青春的姿态，装作远眺总统府露台下的茂密森林，余光间或飘到褐色围巾男的身上。飘了那么几次，便发现他也开始蓄意起来，直勾勾往我的方向看。

“先生可否帮我拍照？想要全部的背景。”

我大方坦然地走过去，用英文试探对方。想必，这是最容易想到的借口。

“哦，当然。”

十分爽快和欣然，围巾男好像压抑不住小小的惊喜。大步流星地过来接过我的相机，一下子照了三个版本。相机在我眼前被横过来又竖过去。

“不知道你满意不满意。我喜欢最后一张。”

照片全都显示在我白色的微单屏幕上，而围巾男说着话的眼神却只是盯着我，像是急于打破陌生人间的客套和距离。

“我说过‘全部背景’哦……”

自己偏要强调这毫无意义的要求。最后一张照片上只有自己的近景特写，几乎算得抓拍，但是气色和表情瞬间都让我满意得一塌糊涂。真是照得漂亮的一张。

“真抱歉。实在是因为你比背景迷人太多了。”围巾男面不改色地说，目光炯炯。

任何年代的文艺青年，大都赞许独自旅行。可一旦遇到可搭讪的异性，又会像刚刑满释放一样渴望说话。这一次，我特别看出他的寂寞。

墨西哥城，一个吃卷饼的普通小餐馆里，我们点了当地随处可见的一种叫 horchata 的奶白色甜饮料。然后，一边对饮，一边开始了户口调查一般的攀谈。原来，围巾男旅行结束的目的地竟然也是中国北京。在那里，他的身份是美国一家公关公司在中国区的执行总裁。

“叫我 Ed。”

围巾男本名 Edward，名片的背面中规中矩地印着中文名“艾华谦”。这名字显得够傲慢高端，他却执意让我叫他那个短促如天线宝宝里人物一样的昵称。

“我的母亲周岁七十五了，还住在大阪。”

艾华谦的中文，各方面听来都无瑕疵。相比母语是中文的人，他讲的中文仿佛更有一种一板一眼的魅力，字正腔圆，充满柔滑。作为一个日美混血，他身上大大咧咧美国气质的背后，明显藏着十分自律和自缚的东西。

也许是拥有北京这个交集，我们这对异乡的孤男寡女如获至宝地聊到了一起。

像艾华谦这样背景丰富复杂、能流利讲多国语言的职业经理人，在城中早不新鲜。坦率说，自己对作为男人的他并不太感兴趣。但是可以看出，他非常执着于自己的某种寂寞，对我们的相遇保有极高的热情。

对于许多有些魅力的男性来说，他们手上的婚戒，在女人看来，更多情况下堪比趴在无名指上的一只死苍蝇。徒让人倒胃口。艾华谦无名指上的金色指环已发旧，微微勒紧到皮肤里，甚是无趣。但看到他名片上的头衔，又让人觉得那个金属圈对成功男士而言，更像是为了彰显某种稳健或者社会地位。

就那样，他不提老婆，但也不摘戒指。我想，这更像是东方基因带给他的处理方式。西方已婚男士常常是三句必称妻——我妻子给我买的领带，我妻子喜欢度假去加勒比，云云。说来也让人烦透了。

回京途中，我独自呆坐在阿姆斯特丹机场等候转机，因缺觉而思维阻滞。眼睛一闭上，唯一闪现的就是艾华谦无名指上的那枚发涩的婚戒。再掏出他留的名片，仔细看了一遍中文面、英文面，心里非常笃定，他不久一定会把信息发到我北京的号码上。

我根本不需要去卫生间

早晨六点，我就唰的一下醒来了，在朝阳区的自家床上，想着前男友，心里就难受得有点上不来气。

杰是个敦厚的英国男生，长得像短脸的休·杰克曼，比我小一岁，80%的脑容量都是他崇拜的巴西战舞和中国武术，以及为世界大同添砖加瓦的人生理想。

我和杰在电视台的外语频道相识，本以为可以在乌烟瘴气的环境中相提相携，或相伴出镜也好，他却在一年后掉链子地去什么民办英语学校当外教，一天到晚和一群口齿不清的土鳖为了练发音手舞足蹈。一次，中午买了赛百味去语言学校找他，当自己看到那传销一样的场景，提着一兜子的赛百味我心里的某些东西就一落千丈。

我不知道，自己为什么如此决绝蹬掉杰。自己没当上出镜记者或主持人当然也不是他的问题。但是，心里有某种微弱的坚持，就是不允许自己和他每天穷开心地傻玩儿，谈点小恋爱，觉得自己挺不错的然后尽量平庸而安康地活着。

平庸，是这个世界上最大的惩罚。墨西哥旅行回来后，清空脑袋的我比任何时候都明白二十九岁的自己对那些没有实现的人生可能有多饥渴。

然而，清晨六点的朝阳区，杰实诚的样子就浮现在我干涩的眼前。那张脸傻笑的时候像是不能抑制，也不懂防备。身子下面躺的一张床，还是两个人一起逛了三次宜家才订下的。包括床垫四千八百块。床头是白色雕花的式样，当时杰还说太夸张，我却执意要买。

在杰从我住处搬走的那个晚上，年轻男人一张苍白脱相的脸像过了期的腐竹，让人看了心里惨。

“Farewell，my concubine(再见，我的情人)。”

我试图用曾和杰一起看的影碟《霸王别姬》打趣。但是对面的男友头一次没有接我开的玩笑，一脸凝重，走掉了，带着我们共同养的宠物刺猬。背影像一个和老师有矛盾的负气小学生。

离开我后，听说杰成了素食主义者，点比萨也要“菠菜馅儿”的，活得越来越健康和可敬，去了他一直向往的非营利组织，还加入了“别吃伙伴”的动物保护组织，并且一直无微不至地照料那刺猬。也许，正是他的善良和单纯，让我从他身边逃掉。我在床上悻悻地想，直想得呆滞。

床头手机“滋”的一声，吓得人一激灵。杰让人心疼的脸也顿时烟消云散。六点半，艾华谦的短信就这样进来了。想他也没料到，我会这么早醒着看手机。

“嗨，黛比，回北京了。今天的空气是戴口罩的好日子……这周有机会一起吃饭?”

我无半点犹豫就回了："刚刚醒，本周三四都可以。"

和艾华谦在北京的重逢，就像自己编排好的戏码，毫无意外。所谓吃饭，是他领我到一家艺术品堆砌到矫情的某酒店大堂吧喝了些朗姆酒。就像在墨西哥城一样，两个人的局，却拖拖拉拉到很晚。

我当然自知他对我的好感，傻姑娘都能觉出来。

当晚，自己特意穿了裹在身上的黑色连衣裙，长度在膝盖上方一点刚刚好。当我转身去卫生间的时候，我知道他在盯我的屁股。当我回到座位，我知道他在打量我的胸。那目光甚是浅显易懂，充满拙劣。其实，我根本不需要去卫生间的。

这次见面，竟然了解艾华谦那里正巧招人手。而我，也就此顺利得来新工作机会，将被引介到他任职的公关咨询公司。待遇比上家翻了一倍不止。自己的头衔当然也更好听了。

他用美国运通卡付账

"哎呀！我刚做的指甲上的钻把耳朵剐破啦！"身后座位上的姑娘突然尖声说。

每天，都能听到周围传来这种可笑的谈话。艾华谦公司的年轻女同事都像傻子，中午就齐刷刷扎在一堆儿，讨论脱脂酸奶和哪种牙膏会腐蚀牙齿。再或者，像蜂蝶一样嗡嗡绕着几个凤毛麟角的外国男人，操着生涩磕巴的英语。

有那么两三个女同事，专门负责做活动，脑袋上的毛儿都垂到腰了，会议间歇，还会叉开五指一下一下地撩拨摊在椅背上的头发。她们个个穿着明显网购的衣服，不是样式幼稚，就是长度欠妥，再不，就是穿着有亮片儿的凉拖，或者是露着过多的膀子肉。真是不职业。自己每每看到，总免不了心里嘟囔。

我的座位被安排在离艾华谦较远的地方，却能一眼看清他在玻璃窗后面的举动。

在这个相对优越的新环境里，自己也决不是抱着混福利和找饭票的心情，哪怕老板的好感和寂寞就在数米之外。我照旧着自己一贯的作风，每逢会议必发言，每逢活动必参加，不管周围那帮长发妹怎么看。

从小学开始，自己就是班上最踊跃举手的女生。在之后的二十多年里，自己继续在一次次人生机缘前积极举手，见到艾华谦的一刻也是如此。总想真正参与并敲定自己的人生，虽然只能平凡，但绝不要平庸。艾华谦，这个我有意结识的男人不就为我开了一扇新门么。

“lunch?” 11 点 45 分，艾华谦发来的邮件只有一个词。除了答应只能答应。

就这样，自己在之后近一年的时间里，频繁和这个 Ed 吃午餐，却竟然一次也没被熟识的同事捉到。艾华谦总愿在几条街外的五星酒店大堂见面。那里碰到工作关系的概率基本是零。

我们在酒店的餐厅对坐而食自助餐，或是在隐蔽的日料吧台上并肩吃茶泡饭和盐烤青花鱼。有时，也会在很贵很矫情的汉堡店里大嚼几寸高的海军汉堡。

这个有身份认同危机的男人，对我的好感是美国式的，但暧昧隐忍又是日本式的。和艾华谦在一起时，没人提起工作，半个字也不会有。再者，自己的业务也无需向他直接汇报。说来自己都不太信，我们只是一次次边吃边聊那些有的没的，然后，自己再不失时机地表现一些甜美或精灵古怪。

偶然一次，聊起日本作家村上春树，和他为何长期得不了诺奖。我说《寻羊冒险记》蛮不错，他说喜欢《奇鸟行状录》。我旋即买来一本，却一个章节都没能读下去。

我从没费心想过他这样的男人的寂寞。

又一回，我们在酒店大堂吃自助餐。几桌之外，坐着一个像白头翁一样的男人，老态毕露但穿着讲究，很寂寥地翻看一份《华尔街日报》。

艾华谦悄悄对我说，此人是某车企在中国的老大。我见白头翁面前一桌子沙拉和甜点，默默独食的样子，突然觉得有点惨。然而，正内心唏嘘时，一个长发垂腰、年轻标致的姑娘，长着一张典型的来自中国两湖地带的脸，端着刚取的丰盛食物一屁股坐在了白头翁对面。两人随即开始亲昵地交谈，有时几乎耳朵咬耳朵。当时自己想，原来这就是所谓此类男人的寂寞。

也许是因着艾华谦的某种气场，和他一起的时间自己也并不享受。这对我来说，更像是女人的应酬吧。老板总带着显而易见的蠢蠢欲动，却又虚伪老练地待在暗处。不见兔子不撒鹰，更不做任何与身份不相符的事，连我的手都不曾沾过。餐后结账，他总会从一钱夹的卡里抽出一张绿色银行卡，据传，那是公司配给他的一张 American Express(美国运通卡)。

有那么接连的两回，艾华谦也试图约定很晚的晚餐或小酌，但都被我以借口推辞得严丝合缝。在那之后，他对我的黏黏糊糊似乎就慢慢淡了下去。

我当然知道，艾华谦心里对我还有些瘾。我至今为止所有的表现和表演也都是成功的。但是，这个 Ed 对我来说，已经是翻过的一座山。对视的时候，才发觉他已经在身后，我不无满意地提醒自己。

穿蚊帐质感婚纱的中国新娘

“你觉得生活有快乐吗？”

写字楼午饭时间到来前一分钟，来自乔安的短信，没头没尾地发来。乔安，是我上大学时的朋友，性格内向多虑，未婚，却一门心思只想结婚生子，看见婴儿车里的任何东西都走不动道。我一度觉得，自己可能是她唯一的朋友。

将近一年的时间，我的新角色已然上手，人际关系也平顺地发展。因为公司的性质，我有更多机会参加场面上的活动，见识各色各样城中的成功人士，整个人又开始不可遏制地像天线一样搜寻新的资源和机缘。

此刻，自觉没有状态回复乔安这条没头没尾的信息，也不想踏入对自己已全然陌生的她的情绪世界。虽然，这些年我们互相之间常说些没头没尾的话，因为熟，因为信任。然而这两年，自己却几乎连女人间的倾诉都想放弃。毕竟，并不是说，你吃了我的情绪，我就不用再消化。

我带着手机进了公司的卫生间。插上门，坐在合了盖的马桶盖上，长久地盯着这条信息。正当想回复些什么时，传来隔壁女生嗲声嗲气用走调的英文说："Ok, pick me up at six（好的，六点来接我）。"之后，随即听见很响的尿尿声，还接着一个不疾不徐的屁。

不知怎的，最近发现公司里一边上厕所一边讲电话的女生越来越多，对象往往还都是老公或男友。若男人们知道，那个姑娘很多时候是在这种情形下和他说话，不知会怎样感想。没了心思，更没了胃口，我揣起电话逃离了厕所。

回到电脑前，私人邮箱飞来一封新邮件，题目写着"我们结婚啦——come to our wedding!"恍惚了一下，方才想起，这是杰的朋友，托比。

托比是个典型的美国黑人，曾和杰一起做外教，最终意料之中地把自己的中国学生教成了老婆。邮件里充满轰炸式的狂喜，还有一张两个大脑袋挤在一起的照片，一黑一黄，好不幸福。

自己一万个不想去这个婚礼，但觉得也许会碰见杰。也说不清为何还想见他。

婚礼如期在城东一个小教堂举行。一干不相识的中外友人站在教堂入口寒暄，甚至还有当时电视台的导播，唯独没有杰。

“见到你真好，黛比。带你去见我的女神！”

托比显然得了欣快症，嘴停不下来，“如果顺利的话，我们婚礼后就一起回加州。只是北京的狗比较麻烦……你愿意帮我们养吗？哈哈。”

“杰没来？”因为和托比很熟，我毫不理会他，直接切入主题。

“他在柬埔寨……恐怕正拉肚子呢，下个月回来。你把这家伙整惨了。他当时，吃了半个月外卖没从床上爬起来。”

我什么也没再说，只是滑稽地抬了抬眉毛，算是回应托比的话。

托比的未婚妻，穿着蚊帐质感的婚纱，身边围着一打儿北京的七大姑八大姨。乍一看，觉得这一切全和托比以及加州不太沾边。姑娘一回头，竟是一脸的烦躁，下兜齿的脸上写满某种胡同的味道，唧唧索索，却彰显凶悍。

尽管托比殷勤地向她介绍我，姑娘却基本无视。继而，她用恐怕是刚从托比那里学来的英文向托比发飙。我听着蚊帐新娘大声叫唤了几次“I told you so(我早就跟你说了)!”然后，她又颐指气使地让自己的中国姨妈、舅舅等人去干这干那。

我点下头算是礼节，然后离开了混乱。自然，也不会有人注意到我的离开。

突然，我好庆幸杰没有来。看到今天的场面，我才明白，自己再也不想见到杰和他的那些朋友了。

“想到你我心里疼”

奇怪的传言就开始了：艾华谦要走，是主动辞职。

据传，背后原因是上头对他在中国的业绩不太满意。显然，他也一早就为自己安排好了后路，将去另一家企业干近乎一样体面的职务。

自己是个一向坚持某种原则、从不怕尴尬的人。后来发现，自己不怕尴尬，便没人尴尬，坚持自己的原则，别人最终就失去原则。在艾华谦的问题上，我也正是这样。眼看着艾华谦和他的暧昧在我身边湍急地流动，最后却都像水碰到油一般，无法真正侵入或搅和我的生活。

但这样的短暂的平衡却被他的离开打破。

出人意料的，艾华谦开始走出他“日本式”的隐忍角落，带着些许破釜沉舟的姿态，开始疯狂地对我进行短信袭击。也许是没了公司这层共同的壁垒，也没了曾经提携过我的往事与尴尬，自己在他眼中变成了个纯粹的异性。

“在干吗？我很想你。”这是我周一晚上洗澡后收到的短信。

全世界男人冲昏头脑时，都会问女人“在干吗”。或者，白天一个办公室，晚上便说很想你。

“你的男朋友是个幸运的人，我不知道他是否意识到了这一点。”这是我周三下班在地铁上收到的信息。

“我怀念那些我们曾在一起吃午饭的日子。我无法停止想你。”这是我周五晚上十一点半躺在床上收到的信息。

“我想见你。明晚可以吗？我们为什么不在一起。我觉得糟透了。”这是我周日午睡后收到的信息，也是最后一条。

我在手机里将他的电话存储为“围巾”，那是我第一次见到他的样子。这个复杂的男人，曾是我的所谓职场贵人，是我的大老板，是给我些许温情的男人。然而对于现状，似乎自己比他拎得清，他却已然呈现某种失控。这让我厌烦。

删掉了那些信息，没有回复任何一条。在现阶段，我颇有底气地告诉自己，只要不关乎工作，便不需要配合他的调情。他这座山我已经翻过去了。

但在那以后，每天回家路上，不知怎的脑子里却神经质地只有这个叫 Ed 的男人说的情话，偶尔还会泛起一阵一阵伤感。我一遍遍告诉自己，那只是瞬间的脆弱。

艾华谦离开公司前不久，恰逢他的生日。办公室那帮蜂蝶般的丫头们，兴奋地参与谋划着老板的生日会以及饯行会。艾华谦的妻儿作为重中之重，被重点要求参加。

派对当晚，当我赶到时，三两个中国女同事已经画好了烟熏妆，头发盘得老高。而艾华谦的中国太太也已稳稳地坐在包房里。她紧挨着高大的丈夫，就像一个代表他在中国事业家庭双丰收、功德圆满的吉祥物。

女人已经衰老得没了样子，碎碎的卷发似乎是挑染过，随意扎在脑后。浮肿的脸素面朝天，即便年轻时也绝不可能算作美女。行头和手包看样子都是高级货，但已然无身材或气质可言。

看到他老婆的一刹那，我的心突然就和当初看到杰做外教和一帮人手舞足蹈练发音时一样，一落千丈。

看着这个或许已称得上步入老年的妇女，某种古怪却强烈的侮辱感瞬间往上涌，连自己都没有料到。那种恶心突如其来。艾华谦的一切意图变得那么明显，他一定只想尽快和我上床。继而才突然意识到，自己也不曾问过艾华谦的年纪。好吧，这样的男人当然寂寞。

那一晚，自己对这个魅力尚存的老男人仅有的犹豫和留恋全部瓦解。和他之间的一切，就那样，一下子像个毫无意义的笑话。

我知道，如果自己在过往任何一个人生岔路口，选择随意一滑，就会滑入像艾华谦老婆那样的婚姻和人生。我似乎曾有大把这样的机会。那是许多小姑娘不肯承认、默默艳羡的跨国人生。但其实那一切，不过如此惨烈。

一餐饭，艾华谦只看了我一次，却很久很久。那眼睛里全都是黯淡。

当夜，我的邮箱里静静躺着一封英文邮件，简短、诚恳也决绝。

黛比，我从没想过自己会写这样一封信。我为自己所有的不恰当，向你道歉。如果它们令你不适，我很抱歉。在这一切停止之前，我只是想告诉你，我必须告诉你，我对你的感情是真的。每次想到你我的心里会疼。谢谢你有耐心读完这些。就这样，要回去做事了(当然我已将不再在这里做事)。

“My heart aches when I think of you” (想到你我心里疼)。我反复看着这一句话。

“周五晚上说。”我只回了这一句。我想，如果不再见他一面，自己也许会永远心里堵。

喝多了我要回家

周五下午，望向远处的领导办公室，艾华谦在里头似乎在打包箱子。那种举手投足间果断的性感，显得那么客观，像属于他自己的某种固定财产，似乎和他老婆断然没关联。

就要下班时，突然又收到托比轰炸式的抱怨。简直和乔恩的短信一样，没头没尾。

托比抱怨和妻子娘家二十口人挤在一个九平米屋子里吃饺子看晚会，席间只听舅舅、舅妈、姑姑、姑父等不停在中文中快速夹杂着“托比托比”，然后指手画脚，他却完全不能明白究竟在八卦他什么；托比抱怨“我觉得我老婆在偷我的钱”，而他如今唯一的乐趣就是看“锅盖”里付费的成人频道；托比抱怨老婆对他说“我的钱是我的钱，你的钱更是我的钱”；托比抱怨整个小区的人都在举行“谁的痰吐得最远”奥运会……末了，他还发给我三张图，分别是竖着铁丝网的脏乱小区、有人蹲在地上削菠萝的菜站、地上的痰迹。

我不知道究竟发生了什么，也许我的黑人朋友已经疯了。无法想象，是什么把这个一米八五的乐天美国黑人折腾成凄凄怨妇。我只回了一句“去和心理医生聊聊，早点回加州”。然后，啪的一声合上了电脑。

你们的寂寞和搞砸跟我有屁关系。为什么都来找我，一个个。

无一例外，所有男人都觉得自己是寂寞苍凉的，但本质又是绝对虚荣好色的。自己只是顺水推舟，在获得一点自己需要的机缘时见好就收罢了。

此刻，艾华谦正透过玻璃窗用悠长的眼神看着我的方向。我知道，他也许已给我邮件，认真讲好今晚的时间。但我不想再碰那台电脑。

在一家拙劣并老旧的情人宾馆顶层，藏着一家名叫 K bar 的酒吧。酒吧本身风格如此精致和梦幻，和承载它的一幢五层破楼格格不入，让人觉得置身古怪的梦境。

“知道吗，这里原来是个假肢厂。”

坐定后，艾华谦故弄玄虚地说。

下班后，我们一路走到这里，艾华谦熟稔地引路。自己穿着有防水台的高跟鞋，心里很忐忑，展现出的效果却还需稳健。傍晚的城市，空气里藏着很多痒痒的躁动。想来，我们在宾馆一层摁电梯的背影，一定像一对急迫在这个破宾馆开房的男女。

我坚持两人坐在吧台，然后并不怎么看他。他对我一定有些执拗的幻想，但那并不是我，他也不会想知道真实的我。

一个长相有南美风情的黝黑粗壮女人，在角落里幽幽地唱，不时扭动肥硕的腰臀，黑裙子上缀满的亮丝线就跟着抖起来。

"你的手机在响。"

我指着艾华谦摆在吧台上的两部电话，一黑一白。

他并不躲避地接起，然后原地平静地说着一些有关年份的细节，听来是关于老婆和孩子签证的一点事。

我听着艾华谦嘴里不时蹦出的"my wife"、"my son"，觉得这些人在他口中都没血没肉。一直觉得，像他这样的男人，每当谈起自己的老婆孩子，就像在谈送去干洗店的西服和西服上的纽扣。

"在墨西哥总统府的门口，我就注意到你了。"艾华谦挂断电话，默然了几秒，然后打破尴尬。

“我先看到了你的围巾。”

“黛比，”艾华谦低下头，突然间，他露出仿佛日剧里傻小子般的神情说，“我是不是可以牵你的手。”

“Ed，你留下那么多书面的东西，都给我做证据，就不怕我去告你 harassment(骚扰)吗。”

我有意笑眯眯地说，像是在开玩笑，原本也只算个玩笑。但在艾华谦眼里，马上就全是当真的伤痛。

记得，和杰还两情相悦的时候，一次半夜自己起身去喝水，他就突然像某种温顺的小动物，从背后抱住我，然后毫无缘由地说了句“Don’t leave me yet，baby(别离开我，宝贝)”。这让我当时窝心了好长时间。那晚夜色中，杰眼里闪烁的，是同样一种脆弱。

也许，正是自己那种充满野心和不安现状的样子，让艾华谦这样的男人对我向往，却又无力也无胆迈出一步。

艾华谦的衣着依然显示某种深深的洁癖。这往往是那些特别把自已当回事的男人的通病。他的衬衫是黑色的，裤子是黑色的，皮鞋是黑色的，全部是上好的质地。几十岁的人，脸上干净硬朗得像个塑像，随时看去，都像刚淋浴完那般清爽。发旧的褐色公文包就随意堆在脚边。

“你不太清楚我……”

我新叫了一杯酒，将空杯子推到一旁。然后，像个意大利女人一般，一只手在空中做着夸张的手势，继续说下去：“我租房的楼里，有个三线女演员……你知道，有的人长得上镜，那你就将容貌作为资源进行自我开掘，让自己去更高的地方。而我也有类似的资源，你知道是什么？……那是我制造生活的能力。我早已决定拼命开掘这种能力，过自己的人生，而不是过所谓庸众和百姓的日子。”

艾华谦定定地看我，一张全然无话的脸。只看得他的喘息，一下一下。面前的酒基本都没下。

“我想，让自己的日子只打上自己的标签，去更高的地方，这样才能见到没见过的，体验大部分人无缘的人生体验。”

我有点语无伦次，脑袋也晕得很，但又似乎很享受自己这副样子，觉得胸腔充满力量。

“我就是要超越那些面瓜一样的男人女人。不管是中国人还是外国人。”

艾华谦深深叹了口气，垂下双眼说：“你一定觉得我……”

不等他说完，我猛然捧起他消瘦洁净的脸，强硬地将舌头伸进他的嘴里，用力地吸。

艾华谦一下就意乱情迷，要狠命将我全然揽到怀里。我用食指阻着他的锁骨，还有扑面而来的好闻的剃须水味道，然后一把推开他。“我喝多了，我要回家。”

旁边几个呆滞的酒保，看得有趣。他们定觉得我是傍外国人的鸡。

平庸是最大的惩罚

同租一楼的小演员，常被一辆大得离谱的白色 SUV 送回来，开车的男人远看去，像个刷碗的菜瓜。他从未曾走出车门。闷热的天，姑娘在电梯里戴着极讲究的口罩，像个国际女星般低头匆忙往家逃，腿细得只有寻常女生的一半，身上散出价格不菲的香气。

在 K bar 见面之后，艾华谦和老婆孩子一起回了西雅图休假，算是彻底离开了公司。

在北京应酬，回鸟语花香的老巢休息，老婆孩子像箱子一样满世界托运和溜达——这就像他这类人已经定死的程序。

我在 K bar 那晚雄赳赳的绝情样子，自然让他不愿再对我投入分毫。这是不难预见的。我也就此乐得不再联络，干干净净。

新来的老板，才不过三十几岁的男人，谢顶已向头顶三分之一外扩散。也许是因为能力欠缺的心虚，芝麻绿豆大的事也事必躬亲，活脱脱的一个事儿妈。他一上任，便给各个部门找了不少新鲜事做，弄得那帮蜂蝶连同我自己都在背地里叫唤。

就这样，我自认为一天天清醒充实地往前走。杰的样子，也渐渐不再出现在我每天醒来的时候，让我越来越想不起来，更别提他那些奇形怪状、有各种疑难杂症的朋友了。

突然意识到，很久没有乔安的动静了。发了信息给她，丝毫没有回音。也许是自己太冷淡了。于是，我又认真地回复了“你觉得生活里有快乐吗”这条已经搁了很久的信息。

乔安依旧是没理。我才有些意识到，被自己忽略和切断的朋友关系已不止乔安一个。

过去一道玩儿得起劲的几个姑娘，近年不是在忙着频繁相亲，就是忙着待孕、待产和数落男人。每天把一地鸡毛忙不迭都插到自己身上，然后再发愁怎么摘下来，不停向周围抱怨。佯装的平淡幸福里，塞满了各种怨气。

她们不允许别人和自己不一样，个个都曾对我好言相劝。人们在内心深处，希望周围人人都过上给幼儿园老师送礼、为孩子小升初发愁、希望老公换大车大房子、动辄国外度假晒旅行照的生活。所以，我不再愿意做她们沉默窝囊的“周围”。

仲秋的一天，自己照例穿得精神抖擞地去参加公司的活动。虽然，仅穿丝袜的两条腿在靴筒里冻得瑟瑟发抖，但在酒水席上，却意外地和一个声如洪钟的光头聊得十分火热。

光头不过四十光景，却已是国际组织在中国的首席代表。更重要的是，我竟读过他两年前写的有关“中国特色”的一本英文书。

我适时将自己调到八面玲珑的模式，喜庆地仰望着光头脑袋顶上的光晕。他挺幽默，重要的是，十个指头上比脑袋还光。他既是单身在北京，想必也一定不会不寂寞。

次日，自己以曾经读者的身份发邮件，光头欣然赴约。他眼里闪着艾华谦在墨西哥看到我时一样的光。

其实，所有男人掰开揉碎何尝不是一个样。但是，女人总觉得有一些就是比另一些有魅力。同样，这么多年，自己也执拗地觉得有一些人生就是比另一些有意义。我只想自选动作，哪怕摔个脸朝下。我不要安稳。而她们那些自找的安稳和怨言，和我又有屁关系。

我的朋友乔安，其实不懂。好比关乎真正关键问题的时候，一个机构的发言人常常不敢置评。真正心里的愁和伤，别人也不敢置评。那些能让人说得热闹的安慰与捧逗，不过都是虚头巴脑。我早已不需要这样的所谓友情。

但是我依然不知道，乔安有没有看我的回复。

你曾问我，人生有没有快乐。我说没有。我常想，你怎知这是人间不是地狱？既然地狱有十八层，许是大伙儿都在某一层而不自知罢了。

如果这是一个地狱，那平庸是最大的惩罚。

瑞 秋

第一个梦：无脸男

阳光很好，明媚得都晃眼。他一个人，在破败的学校操场上打篮球。所谓打篮球，其实只是自己独自不停地将一个脏兮兮的破球掷向篮筐。

不远处，有一帮一帮的男生满场子运球，呼啦一下跑到这边，又呼啦一下跑到那边。操场条件很差劲，地面上不断有灰尘和土渣扬起来。

午饭已经吃过，感觉下午似乎也没课。时间缓慢得像一注胶水，悄无声息地淌出来。脏兮兮的铁丝网外，扒着几个女生，像猴山上的猴一样，有一搭无一搭地看球、看男人，相互间静静地也不怎么聊天。场地边上的那几个女生，穿得则要体面得多，脱下的外套都搭在腕上，露出今年第一次的夏装和白花花的手臂。自己仿佛就是那几个女生中的一个。

他不停地投篮，次次都不中。球反复砸在篮筐上，发出一声声“哐、哐”的巨响。每次拍着回到手里的篮球，他总会低下头侧过脸，然后朝我的方向看一眼。每看一眼，我的心就突突地在嗓子眼里跳一遍。

不知过了多久，我把怀里的衣服递给他，看他擦汗、喝水。然后仿佛很自然的，他推来一辆破旧的自行车，我就那么一跨，蹿上了后座。沿着校园内僻静的小道，他一路骑，操场和猴山一样的女生群就被远远抛在了身后。红色的砖墙和墨绿的树叶，纷纷向车轮相反的方向飞走了。

像默片一样，我和他之间只有阳光，却没有丁点对白或交流。一切都像过了一辈子般说好的。然而，他的脸永远在白炽灯一样强烈的光线后面，没有五官，却总能传来清晰的感应。

稳坐在自行车后座，我无限顺从地靠在他的腰身上。他的四肢仿佛很粗壮，是让女人骄傲和踏实的感觉。

“我真是世界上最幸福的女人。”

我这样告诉自己。除了现在，再别无去处和时间。

“我真是世界上最幸福的女人。”

再一遍告诉自己。一切完美得让人脑海眩晕，又平静得不会担心起变化。

胶水般黏稠的时间还在缓慢地淌，上课的铃声突然震耳欲聋。不对，那好像不是上课铃……

摁掉闹钟的一刻，才发觉自己筋疲力尽。肌肉像全部萎缩一般陷在床上，欲振完全乏力。

今天午后还有课，所以才定了这个愚蠢的闹钟。虽说是讲了无数遍的《成人法语中级》教材讲义，但今天要教给学生的动词变位，还是需要早点儿起来过上一遍。最近上课总是频繁出错。

刚才的一切是一场梦，我再清楚不过。但这对于我，实在十分稀奇和稀罕。由于生就睡眠很浅，自己的梦境常常充盈混乱的场景，题材多是黑帮追杀、外星人入侵、猫狗开口说话等，总之全是光怪陆离的戏码。这样纯粹清晰的美梦，从未有过。只是那男人的脸，一点也不纯粹清晰。

我赖在双人床上，久久怅然。男人的温度和荷尔蒙仿佛还停留在身上，但那种完美的感觉，一点点随着现实生活的清晰而慢慢退去。我拼命地想挽留，可《成人法语中级》就在不远处的架子上，像一道强光照亮偷情的男女。真扫兴。

“怎么不让我死在那梦里。”

自己小声嘟囔。然后用一直套在手腕上的黑皮筋三两下随意扎起所有头发，同时一只脚费力地够远处的拖鞋。

我这辈子没那么幸福过。和任何一个男人，都不曾有过。那是现实生活中不存在的极致幸福，但却被轻而易举并真实地达到了，就在昨晚的梦里。

凝视着镜子里的自己，然后发奋地把近年来交往过的男人从头捋到尾，却一个也不是。“无脸男”不是他们中的任何一个。当然，也不是老公。

回过神的一刻，才发现自己把洗面奶挤在了牙刷上。

要求是不能“作”

“瑞秋，我的宝贝。看你还睡着，落地给你发信息。”

走进厨房，才发现东留的字条，猛然想起他今早会出差。他前天就说了的。

我的生活令人羡慕。谁没有烦闷的时候呢？但每当我烦闷时，就会及时提醒自己这一事实。工作实在轻松，在教育机构教点法语，课时短又不固定，对象基本是对法语文化感兴趣的上班族，以及想去法国留学的学生。如果实在精力过剩，就做点额外的笔译，参与翻译些法语文学作品。

这些年坚持做这些，早不是为了营生。换句话说，其实自己完全可以统统不做。老公从一开始便成为我生活的有力保障。

“不想干了就在家歇着”，这是东常挂在嘴边的一句。

早年单身时，自己也曾为了挣钱，参与了不正规的翻译公司。后来发现，那家所谓的翻译公司，实为城中高级拉皮条机构——集中起会说外语的小姑娘，然后组织所谓的“联谊”派对。我一见端倪便落荒而逃。

老公今年四十周岁，足足大我一轮。我认识他的时候，他刚刚离掉婚，唯一的女儿也在前妻那里。东当时的心情一定不怎么样，竟然给自己报了短期英文课，结果来迟还走错教室，认认真真在我的课堂上听了一节课的法语动词变位。

后来，当他递给我名片时，自己的第一反应就是脱口而出：“原来你就是无良开发商啊。”

对于东这样的所谓成熟男人，还能说出今早留言上的话，也许足够我高唱“感恩的心感谢有你”。但这样的甜言蜜语，却无法在我这里激起浪花。因为在内心深处，我并不认为东那么把我当回事儿。

我承认，在很多问题上，老公都是那种像山一样的男人。他从不把任何麻烦拿出来和女人商量，全部自己搞定；和前妻与女儿有关的问题，也处理得按部就班、不留痕迹，以至这两个女人基本在我俩的婚姻关系中隐遁；他几乎不谈论自己的生意，让我觉得自己时刻坐在一艘看不见船身的稳稳的大船上。

结婚两年，东对有关我的生活细节也堪称十分宽容。不过，唯一的要求是不能“作”。所谓不能“作”，便是我不能像一般小女生那样动辄无理取闹。

婚后第一年，自己也曾经故作骄傲地咿咿呀呀试探过几次，均以失败而告终。最后，只好没面子地收声。东在情绪问题上，留给我的耐心几乎是零。每次自己刚刚噘嘴甩脸子，东一句“别唧唧歪歪的听见没有”，或干脆简单三个字“别来劲”，就把我吓傻。那种表情和权威都十分地不容置疑。

我并不认为东那么把我当回事儿。我如此看重和东的婚姻，因为我贪恋他的福利。在这点上，也许和他公司的女职员没什么区别。

但东看重我什么呢？我常常很没底气地问自己。也许，自己只是符合他心目中某些客观的择偶标准，例如：年轻、外语好、单纯……

东经常出差或在外面见人谈事。最近半年，更加开始与他有聚少离多的感觉。得赶紧给他生个孩子，最好还是男孩儿。这个念头又焦虑地在我心里升腾。

第二个梦 ：happy young lovers

所有的同学都交了卷子，连监考都离开了。空荡荡的阶梯教室里就剩下我一个，拼命在四周寻找答卷缺失的一页。那是最关键的一页，所有“踩分点”都在上面。

天窗洒下明晃晃的阳光，他就在教室出口处站着等我，脸部依旧是看不清。

我心里是那么着急和兴奋，不找到那一页就不能交卷，不能离开教室。而他就在等我，暖洋洋的一个人，和天窗的阳光一个颜色。把这张卷子搞定，我们就要放假，然后共度许多许多时光。

但是缺失的卷子就是无法找到，我急得简直就要哭出来了。

毫无任何外界的刺激，我平静地睁了眼，发现不仅没有眼泪，时间也已是晚上八点过半。一个不规矩的下午觉，自己整整睡了三个小时。

顺手揪了个靠垫过来，枯坐在床上，打定主意，今天，就那么绞尽脑汁地想，“无脸男”究竟是谁。

我长时间陷在梦境的光影和细节里，不想自拔。梦中的感觉再次过分美好，久久不退。真想捶自己一顿，为什么醒来。

“我说，你有没有总梦见同一个男的，没有脸的？”我毫无铺垫地问。

“鬼压床吗你是？”翠西的回答显得特别鄙夷。

我和翠西，是属于随时都可展开一段毫无“前戏”的对话的那种朋友。抓起电话就能打，打通就能说，随便一说就一两个小时，都不在话下。尽管，最近一年我们之间有了十几个小时的时差。现在，我的晚上便是她的早晨。

“你今天又逃课吗？”我故意挤对她。

“谁说的，一会儿就去啊。我这儿开罐头呢。”

“逃课吧，听我多说一会儿呗。”

“那好吧。”

“我靠，这么爽快。”

和翠西是初中就结下的友情，同届不同班，后来偏巧上了同一所大学。不管她出不出国，对我而言都是一样，两个人说起什么都是不着四六。

“不是鬼压床。是浪漫，特别幸福的感觉。但就是看不清长相。醒来历数身边的人，哪个都对不上。”

“有过啊，我有过的。幸福得都不行了，但就不是现实生活中的任何人。”她倒很轻描淡写。

“对对对！你也有啊！这么说……是不是所有女的都这样啊。”

“但我是特别频繁啊，最近，而且不能自拔了。专家，你救救我。”我继续烦着翠西，然后啰啰嗦嗦把两场梦的细节都滋滋有味地讲了一遍。

“这不是詹老师吧？”

听到翠西嘴里的一声“詹”，我一直有意挺起的腰板立刻就瘫软了。自己太傻了，没有比这个答案更让我满意和确定的了。

“这不詹老师么？这么明显的。”翠西见我没了音，又强调。

自己真的太糊涂了，瞬间升起一种骑驴找驴的感觉。如此显而易见的答案，我为什么还需绞尽脑汁、如数家珍般在脑子里过男人呢。

詹，是我大学时迷恋的人。算是自己唯一一次主动，也是自己不能修改的一次失败。也许是因为自己在男欢女爱的问题上一向倾向于自欺欺人地保全面子，所以，詹和他的一切，一早就被我的系统自动屏蔽了。

“那就是他了。还真是他哎。”

“那不然呢。难道是我戴着假发吗？真是的。”翠西漫不经心，不以为然。

真亏得这家伙，早晨起床开罐头的间隙还能助我破解如此巨大的谜团。撂了电话，才发现自己醒来后一直披头散发坐在漆黑一团的房间里。

头顾不得梳，关于詹的记忆，像某种被破解的电脑程序，以迎刃而解的姿态在眼前唰唰唰地自动回车。

詹比我大两年、两届。我大一时他大三，我大二时他大四。当然，这不是重点。

大一下半学期，我便开始密切留意他。彼时，詹是那种什么都不吝的北京男生。一头乱发，一下巴胡子茬，还和邻校有个乐队，唱些基本没调、歌词矫情、让人听了想死的歌。他走在校园里，像个异类，又高又壮，一颠一颠地走路，裤子上还别着铁链子。

为了能更多地观察詹，我天天去自己不喜欢的二食堂，有意凑在他排的队后面，连他裤子上的线头都看得清清楚楚。对我而言，二食堂唯一能下咽的就是四块钱一盘的酸菜肉末炒饭。于是，我几乎吃了半学期的酸菜肉末炒饭。通过自己的观察，詹似乎也只有那么两身衣服，宽宽大大，说不清什么设计，像拼布一样随意和粗糙。

说不上来詹的什么在吸引我。冥冥之中觉得，如果自己是个男孩子，大概就会是像詹那样的。像他一样不怕标新立异，像他一样像个疯子，浑身上下充满冒傻气的决断和不屑。

在三月持续刮大风的一天，我要来詹的电话，决定单方面主动。被我唐突约出来的詹，一脸毫无惊喜的陪练表情。

“你不是中原人士吧。”

这是詹给我的第一句。几乎都没有看我。

“地地道道的汉族啊。不过经常被认为是新疆同胞。”

我自知五官深邃，并自认还算端正。但詹也许不这样想。

那一天，自己在早春的薄羽绒服下，搭配了最隆重的衬衫和对襟毛衣，尽管衬衫和毛衣实为一体。

和詹的对话不很投机。我们就那样像驴一样围着学校花园走了三四圈，不知去处。大概半小时之后，詹便被提前安排好的哥们儿救场救走了。于是，我新买的隆重衣裳根本没有来得及展示。

女追男果然不是买卖。恼羞成怒的我决定制造真正的“偶遇”。彼时，听说詹在课余做英语老师，用呱呱叫的美音教一众小姑娘英语绕口令。终于，通过无数个发奋吃苦的课余，我也成功地在同一所语言学校应聘，成了一名初级法语老师。

两个月后的一次教师活动上，我终于迎来和詹的“偶遇”。

游泳馆里，显然没带游泳裤的詹，奇怪地穿着四角内裤便泡在泳池里，令人讶异。当他看到穿着明黄色三点式的我，眼神非常复杂。

但怎么说呢，这一次好感和兴奋居多。

在游泳馆吹干了头发，我们互相等了又等，就差牵起手。一路，我和詹从四环走到三环，走到不得不坐车，不得不分道。

那天的天气已经开始燥热，正是每个人都腋下出汗、偏又穿多的时节。一个菜农竟然依旧穿着电热毯状的棉服，蹬着装了马达的三轮呼啸而过，我和詹见状一起扑哧笑出来。才发现，詹笑起来如此动人，简直让全世界男人都失色，像只年幼的狮子，充满单纯和阳光。事实证明，在我今后的人生中，也没有谁再能笑成那样子。

记得那天分开的时候，大家都很虚伪，明明恋恋不舍。詹特别搞笑地挤上一辆 300 路公车，一身摇滚打扮，却全不介意的样子，裤子上的铁链子在阳光下反着刺眼的光。

在那之后，两人再在学校碰面交谈，全部意料之中的顺利。现在方才明白，我眼里的大男人詹，那时候也才十九岁。

大风止住后，夏天一下就来得彻底。下了选修课的晚上，我和詹在二食堂门口吃了几串儿鸡心、鸡胗和鱿鱼。也许出于对形象和氛围的顾及，谁也没点最受欢迎的黑色臭豆腐。

在电话亭后面背阴的台阶上，詹买的燕京啤酒，喝了一口又递给我。詹说你过来。我拿着喝了一半的易拉罐，原地僵住不能动。

詹突然把我怼在墙上，不由分说地亲起来。

“把瓶儿扔了。”詹说。

“哎。”我说。

再睁眼时，天地都在转。两条腿也已经不是自己的了。这时，一队美国留学生经过，领队的一个金发碧眼的胖子冲我们高叫：“Oh, happy young lovers(噢，快乐的小恋人)!”……

之后，花了十年时间才知道，原来那就是我人生中最幸福和兴奋的时分。

再见面时，我送了詹一个自己做的十字绣手机包，图案是个戴墨镜的狮子，上面挂着字母“Z”形状的铃铛。詹拿在手里，扫了一眼说了一句“哇”，之后飞快地塞进牛仔裤的屁股兜里，然后一把搂上我一起走。那天，我说最想和他照大头贴照片，詹当即就同意了。我们一起去了附近的小商品市场，但唯独照大头贴的摊位没开张，拉着灰色的帘。

那时的自己，疯狂迷恋 Toby Keith 的歌，詹竟然说他也爱听。我于是仔细将歌词研究透，然后找出自己认为最有水平的一句，在深夜编作短信发给詹。

十字绣的礼物，其实是半年前就开始为詹准备的。从没想过自己不能让詹爱上自己，觉得詹一定就是为我设计的。

对于我编了一刻钟的信息，詹后来就没回。再发，依然没回。

不只是短信。再后来，我的电话也会被詹直接摁掉。两周时间，詹一下子就成了陌路人。原来，在他穿四角内裤泡在泳池里时，就已经交上了心仪的女人，一个比他还大两岁的英语老师。

我自问没什么底气和詹对峙。毕竟，只是月黑风高怼在墙上一吻而已。即便用十年前的标准，也不算占了多少便宜。

后来，詹也很快不再在那所学校兼职教书。而我，却一直得过且过地教了下去，一教就是十年。教得自己越来越不知道还有什么别的工作可以做，教出了自己的丈夫，教成了东的太太。

在詹变得“不够意思”以后，其实在校园中还有多次偶遇。但每次自己都表现得像屎一样，毫无可圈可点之处。

一个午后，詹迎面走来，手里拿着那种食堂自制的牛舌饼，一路吃，一路掉渣。我随即钻进食堂，买了一塑料袋同样的牛舌饼。心想，只要吃同样的东西，詹嘴里的味道就会出现在自己嘴里。

后一次，瞟见詹独自在操场上练投篮，几乎不曾中。自己不知是出于哪种心态，在隔着一层铁丝网的场外，发奋练习起了举重器械，制造出一声声巨响，声声都砸在自己心脏上。

后来，发觉詹投篮不过是在等人。随意梳着低马尾辫的女朋友拿着衣服走来，他便一路小跑迎向场外。我远远尾随了一阵，只觉得心里很麻木，以及那女人的屁股像个簸箕。

自己的个性深处一向有懦弱的成分，也许正是詹的满不在乎和决断让我深深迷恋。

头一个星期，我每天还幻想詹会联系我，几乎盼成了焦虑症。

我日日歪在宿舍上铺。逢中午午睡，怕吵到一屋子酣睡的女生，便蜷在被子里，尽力做到无声地哭。当室友都走尽，才在上铺乏力地把自己支起来。看着窗外不曾、也不会改变的景物——灰暗的天和黑黑的电线，又旋即倒下。

好多乐队解散后都上班儿了

十年后的詹，西服领带迎面走来，这件事，我没太觉得不可思议。

只需要不太复杂的调查流程，便可得知詹具体在哪里上班。十年过去，我似乎依然精于筹划自己和詹的偶遇。詹所就职的会计师事务所离我的住处并不远。在那座写字楼一层的星巴克不过埋伏了两次，詹果然就跳了出来。

十年后的他，依旧年轻得像个初出茅庐的小伙子。整张脸，像是从过去直接传输到当下。只是，已年过三十的詹，裤子上不会再别着铁链子，发型也变成了锐利的平头。干净、干练得有点不可思议。

我迎着詹的目光，丝毫没退缩，觉得完全长大的自己好勇敢。詹竟然一下就认出了我。

“嗨……是你啊。”詹笑起来，但有点商业。

“好巧啊。我刚见个朋友，朋友刚走，我这也打算走呢……”

一口气说了这么多，觉得自己还是一点也不厉害。越描越黑会不会让詹起疑心呢。

两个人胡乱寒暄了些有的没的，我觉得时机已到，便说：“不多占你时间了，还得上班吧今天，我们改天有时间一起吃饭?”

詹接得飞快：“周四晚饭吧，我给你信息。”

看着詹手持咖啡的高大背影消失在转角，我像体力透支一样，只想瘫坐在地上。那种感觉，就像刚做了一场有詹的梦，看了两个小时他在操场投篮。

詹的老婆，我想象不出。我的丈夫，詹连问都没问。眼下的感觉，突然又变成当年从三环走到四环一样充满兴奋和期待。

一天之后，在重逢的饭桌上刚一坐定，我便掏出一叠贴画给詹。詹发愣了两秒，随即低头说：“你还真自己去了啊。”

“去了啊，我说过想照大头贴。当时，也是没缘分吧。”

詹怔怔地看着我。所有商业的东西，就都不见了。

冬天晴朗的傍晚，天可以是蓝紫色的。詹一路攥着我的手，两人心无旁骛地去了最近的快捷酒店。一路上，我的天地再次旋转，一如当年那个背靠墙、手拿半罐啤酒的自己。

于是，大学一年级被怼在墙上之后没能发生的步骤，都顺利发生了。

万分意外的是，一切完全没有期待中的美好。我和詹，在床上完全不兼容。仿佛是，所有试剂都摆在那里，却没有丁点儿化学反应。

詹一切的举动丝毫没有自己想象中的纯粹和狠劲儿。一切温吞吞，十分拖沓和不确定。究竟是怎么一回事。我一遍遍在心里尴尬地自问，但表面自然还需应付出些许陶醉。

完事，和詹并排躺着。发现所有上衣都不曾脱下来。三十一岁平头的詹，有点让我失望。

“你那乐队，还玩儿么?”我想我必须说点什么。

“早散了。”

“挺可惜的。我记得，你们还有作品呢。叫什么‘姑娘困难’……”

说完，我就不可抑制地笑起来，自己也觉得很故意。

“好多乐队解散以后都上班儿了。”詹却非常一板一眼地说。

好多乐队解散以后都上班儿了。不知道为什么，我觉得这句话自己会记得一辈子。里面好像有如此可笑和尴尬的东西，一如我和詹的“偶遇”和重逢。

回家的路上，我想着那个老公依然不在的家，内心长舒一口气。

我不知道詹为什么和我睡。或者说，有这种机会，男人只能选择睡。但无论如何，和他睡，可能是自己做出的最糟决定。不能确定此刻自己作为女人的感情究竟寄托在哪个地方。但是那个梦，大概不会再做了。

竟然觉得很庆幸，自己最后一刻并没把大头贴给詹。当年曾经唯一的愿望就是这个。

更是几乎快忘了，对于十八岁的自己，曾经所谓的天堂，就是两个傻瓜的大头贴，詹骑车带我四处逛，去玉渊潭玩鸭子形状的脚踏船，戴着一副耳机听音乐，一同泡在三星宾馆的破浴缸里，觉得自己仿佛是老练的情人。

两天之后，突然收到詹快递到我任课学校的礼物。小心翼翼地拆开，连包装纸都力保完好无损。里头是一瓶香水，粉色的瓶身很女性化，但香味和我的自我认知相差很远。突然间，自己就开始顾虑起来，担心万一詹不由分说地开始黏上我，或者破釜沉舟地要离开老婆……虽然，自知这些担心有点多余，但似乎这个三十一岁的、成熟的詹倒成了个麻烦。当初，自己一锅的生米端给他，却没有煮成熟饭。如今俩人做这些夹生的事情，似乎全变了滋味。

出差回来后，东显得很是疲累，眼白污浊，一天三四次发疯地点着眼药。莫名其妙的，老公也开始给我频繁送礼。不仅从出差旅途中给我带来一块银色的时装表，隔周又买了金灿灿的正装表给我。让人不晓得他抽的什么风。

一下子，守着一堆礼物，却让人高兴不起来。想要的东西，只是十年前那个人，哪怕给我个纸片儿，我都会高兴半天。

收到詹香水的当晚，我发了短信给他。内容和小时候发的一模一样，只有一句歌词，“I wish I didn't know now what I didn't know then”。当年发这些，可能是为了故意炫耀自己的深度。如今，却真有了和歌词所说的同样心情。此刻这一切是对他的讽刺，但他未必挖得清楚。

我不知道詹会不会回，但这对谁恐怕都不太重要了。自己其实清除得很，詹从没恋上我。即便是在最血气方刚、精力旺盛、不顾一切的年龄。自己设计了一圈下来，也许只是为了发现，那个当年被詹甩开的自己，才是我世界里最珍贵的。

一切按着计划，自己会被安排到美国去生孩子。要尽力快些怀上东的孩子才好。一闲下来，脑子里就盘旋着这个念头。我的懦弱，让我贪恋东和他给的一切福利。也许，女人就该力求过得舒服，而不是疯疯癫癫为虚无缥缈的事情把自己的后三十年也报销掉。

只想拥有十九岁的你

东再次出了差。独自在床上翻来覆去睡不着。索性起身，翻出大学时的日记。这么多年，唯有大学的时间，是自己唯一会很郑重仔细地记下每天日子的人生阶段。

3月5日 大风(被宿舍门口的垃圾袋绊了一个跟头!)

今天又在食堂看到他了，他好像也注意到了我。我觉得我爱上了这个每天奇装异服的男生。我知道我对他谈不上一点了解，但我确信他是如此特别，是我内心深处向往的样子。真希望有一天能和他手牵手，让全学校的人都看到他是我的男朋友，向全天下的人骄傲地宣布他是我的男朋友……

根本不忍心再往下看。“向往”和“全天下”这样的字眼，似乎让人不忍卒视。

爬回床上，很努力地集中精力入睡，竟不知不觉便遁入完全无梦的睡眠。这一回，无论是会说话的猫狗、还是外星人，都没能闯进来。直到清晨，一个决然清晰的梦境，突然压了下来。

我与高大的男生，一同从教书的地方下课，周围一切黑黢黢看不见。却唯独这一次，我终于很肯定对方是谁。只是，一切与现实错位——詹长长的头发依旧又乱又卷，身上好像带着酒气，裤子上还别着铁链子。

詹憨憨傻傻地问我走哪个方向。我明知自己的方向与他相反，依然一个箭步冲过去挽起他。两个人，从大学附近的某个地方，向西一走就是四五站地。梦中，我所有女友都在我们前面勾肩搭背地走着，那其中就有翠西。她们走几步，便回头冲我们淘气地笑。对我而言，更像是肯定和祝福。

长长的黑夜，自己和詹就那么依偎着走，好像大晃一切就要灰飞烟灭般紧紧依靠。动不动就看着彼此乐起来。我双手并用地牢牢搂着他坚如磐石的高壮身体，觉得他自上而下看我的眼神里，全是憨厚和温存。

“你知道吗，你把人家一生都断送了……教了十多年课，教出了一个又一个不合适的男友，还有老公……却打一开始，就和你错开了嘛……”

像肥皂剧中的女主角一样，自己发嗲地一边捶打，一边埋怨詹。心里却说不出有多开心。梦中一瞬，詹一把搂住我的感觉就像已经和我好了一辈子，生养了一屋子的孩子，儿孙满堂。

醒来时，满脸的眼泪已经钻进了耳朵。

我挣起身，走到镜子前面，久久站住。那里面，只能看到一个年届三十的女人，小腹已经有点臃肿，眼睛里更多的是坚定、刻薄和漠然。

我自知自己拎得清，自知当下生活里每一个现实的细节。

但此刻，我只想拥有十九岁的你。

乔 安

再不会让男人把我丢在大街上

这是二十七岁的最后一周了。

“多年轻啊。老屁啊，老。”

这是琛昨晚轻描淡写的评论，就在我说出不愿过生日的要求时。

但是琛并不知道，其实我已经三十。因为和琛一起，我一早便隐瞒了三年。琛，我的男友，今年不过二十六岁。里外里，我们相差四个年头。

小学四年级，爸爸没了。我已经想不起来，自己的痛苦。父亲像站在遥远的小路上，永远定格在三十六岁，永远没有衰老，永远没有变化，意气风发的英俊。

“四年级她爸就死了。”

我从小就深信不疑，这是很多人提起自己时会用到的句子。再过不久，自己也快变成爸爸的年纪。在那之后，我会一年一年比爸爸老。

也许是因为和父亲相关的一些缘故，自己一直和比自己年长许多的对象交往。但是，不知怎么，那些看似厚德载物的老男人，最终都因为我过度的感情索要，纷纷像躲瘟神一样溃败逃开。

在琛之前交往的那个男人，将我丢在了大街上。

当时的情形，想一次，历历在目一次。傍晚，两人在街上走着走着，不知为什么鸡毛蒜皮的事争执起来。事情的缘由，连我这个婆婆妈妈的女人都已经记不得了。但男友当即掉头离开，从便道走向主路，开始非常决绝地挥手拦出租车。我哭哭啼啼地跟着，却换来他一句“爱干吗干吗去，不要跟着我。”他开始越走越远，自己也开始连跑带颠地跟，终于一不留神被突起的井盖绊了一跤，索性双手及时地撑在了地上。手心生疼的一刻，心里想的却是，如果真的能摔重些，比如挂了彩，也许男友就会心疼地回头，然后一个箭步过来将我抱起……然而，远处男友拦出租车的手只是挥动得更紧了。然后，在这个永远打不到车的城市，我看着自己的男友顺利坐上一辆空车，风驰电掣般地消失了。

那一刻的我，心里只是一个劲想着，这不是真的就好了，这不是真的就好了。觉得心里的痛苦，自己几欲无法应付。

从那之后，便对自己发毒誓，再不会被男人丢在大街上。绝不。然而，和琛交往这一年中，已经有两三次，琛半路便把我丢在某个地方。自己不是踩着高跟鞋一瘸一拐地回家，便是挤上公交车后发现没有带公交卡。所以，如今即便和琛一道出去，即便两个人同住，自己也一定要揣上家门钥匙。我不知道自己什么时候会被丢下，不能让自己回不了家。

这他妈叫什么日子，心里不止一次诅咒。但一而再再而三，我被丢在大街上。想起来，让人深深地无力。

他们怎么了，原先我总是问这个。现在我却开始问，我怎么了？上班、下班、租房、搬家，任何一个地方，任何一个人，总也无法给我安全感。

此时，我一步一步迈着楼梯，想着，琛是不是穿着他的灰色帽衫安坐在家里，鼓捣电脑。对于琛是否在家，我也盼也怕，又怕又盼。

在单元门口，我就已早早将钥匙掏出来，并早早挑出要用的那一把，然后钥匙头朝前，像手枪一样握在手里。自己总是这样焦虑。琛每次见我这样，也常皱起眉头。就像他听说，我每晚戴着“零听”牌耳塞，在呼吸均匀的他身旁依然焦躁地翻来覆去的每个夜晚。

遇到琛的时候，自己毫无回天之力地喜欢他。琛还保有少年叛逆的眼神，有厚实的身形与手掌，温和的单眼皮，笑起来像一只春天里的小熊，气盛得似乎时时都喘着粗气。恐怕唤起任何女人的母爱，也会不费吹灰之力吧。

交往对象中，琛是第一个年纪小过自己的男人。我抱着希望，希望可以最终找到一个自己能掌控的。不要再像那些无底洞般的老男人，只是让你一直往下跌，甚至不知道会摔死在哪一层。

但是，似乎自己这次错得更离谱了——琛只是让我的焦虑更甚。昨晚因为过生日的事情莫名其妙地争吵，琛一整天不曾理会我，这已算意料之中。可我却一天都在心惊肉跳里。抓起手机的一刹那，又不慎摔了手机。不过是泛滥成灾的推送广告信息：1.4 万/平米，湾畔独栋别墅清盘不要错过。

至于吵架的内容，其实都是我“老妈子”一般的抱怨。从过生日扯到每天我买菜买面包买水果然后做饭洗碗。最近越来越是这样。琛呢，只是有空便生长在电脑前面，怔怔地盯着屏幕，好像里头有金山银山。然而，每当我要发作，琛总能及时从后腰搂住我，嘻嘻哈哈唱自编歌曲“没有你我怎么办”和“老婆老婆我爱你”。当然，也有他不愿意哄的时候，就仿佛昨晚。

回想这一年，自己在琛面前，总似脸色发青的悍妇，似乎不敢给他太多好脸。似乎给了好脸，或表达了爱意，他就会更不爱我了一般。

不过，今天手抖摔掉手机的一霎，我还是一下子心知肚明，这段关系里自己早已被惯于嘻嘻哈哈和看似低姿态的琛打败。一败涂地。

打开门的时候，琛的皮鞋一前一后，滑稽地散在鞋柜前头。我突然就像吃了定心丸，原来，琛早我回来了。

在一直租住的一居室里，琛穿着灰色帽衫，戴着耳机，背对着我的方向。厨房的洗碗池里，盆朝天、碗朝地。筷子和碟子上都沾着老干妈豆豉酱的辣油。看到这番景象，我心跳得突突突的，肠胃也翻腾，不知自己为何这样没底气。

我将买的豇豆和橄榄菜从身上卸下来。半小时工夫，闷了一锅小米绿豆的“二米饭”，又炒了一大盘子榄菜肉末豇豆。

我不想和琛先说什么，但却懊恼，他也不先和我说什么。

破电脑里究竟有什么，既然破电脑那么吸引人，为什么还一定要把个女人长期放在家里，早出晚归地看你。想到自己之前交往的所有男人，哪个不是把脸埋在某种屏幕里，电脑的，电视的，手机的……突然，一阵恶感就从心头起，不顾手里拿着炒菜勺便冲进了厅里。

“……”

谁知，冲到琛面前的那一刻，我却一句话也说不出来。真不知该从哪儿把话挑起来。就那样，自己气哼哼地站在他面前，看着他。不开口也不肯走。

“回来啦，都没听见。”

琛像看笑话一样坏笑着说。看到他那不当一回事的样子，我瞬间觉得有些释然，原来，琛并没打算开仗。

“我去端菜!”琛乖巧地蹿起来，奔向厨房。

“太棒了。我媳妇儿真好。”琛一边摆桌子，一边大声赞叹，“我先吃了啊，啧啧。”

琛穿着帽衫的样子显得毛茸茸的，让人很想拥抱。然而，关于他，我知道些什么？我甚至不知道琛的工作究竟能拿多少钱，自己却总会事无巨细地每天向他学舌自己公司的婆婆妈妈和一切变动。

交往以来，我与琛向来各花各的钱。然而，和这一居室相关的一切吃喝拉撒我却大包大揽。面对琛，我内心毫无坦然感，时时毫无缘由地生闷气。但是，和他一起的日子却是有滋有味的，至少对我来说是这样。

尽管面前一片迷茫，却没觉得谁塌心拉着我的手，和我肩并肩站着。吃着酸豇豆，我心里黯然。

把胸罩戴在头顶的女孩

办公室里乱糟糟的，各种无聊的谈话往耳朵里钻。又是一天，无事可做。一天天，就这样无事可做。

今天的新闻，是品学兼优的博士生被室友毒害，全身衰竭，抢救无效。一屋子的同事都站在道德制高点，对社会和人心指指点点。但我知道，面对一分钱的牙签儿，这些人又会为了抓上一把而打得头破血流。

长时间在网上看八卦，开始觉得烦躁，痛恨自己如此浑浑噩噩。但脑袋发胀，眼皮就是抬不起来，两只手像瘫了一样搭在键盘上，连脖子都不想转动。

像这种丝毫不用遮羞就可以赤裸裸坦荡荡不干活的单位，如今是已经不多了。论资排辈即可，耗着即可。谈不上任何实打实的业务，只需交付你一天一天的时间。

我自然也不想把生命都浪费在屁股底下的转椅上，但我的屁股，也似乎没有更好的去处。

一上午，琛两次发来问候信息，让人挺窝心。下午又特意打来个电话，说要临时出差两三天。

所谓女性直觉，就像腰，有部分女人有，有部分女人没有。但不代表没有的不能练出来。此刻，我的女性直觉突然第一次造访。一年来，琛什么时候临时出过差？觉得自己矫情，但是不安的心还是突突突地跳，肠子也一下感觉像扭了麻花。

回到自己的“廉租房”，我第一件事便是冲向衣柜。哗地拉开看，琛的衣物都在，就长舒一口气。

为什么随时觉得琛会绝尘而去。只是出差而已，出差而已。我一边安抚自己，一边意识到，琛竟然没有带电脑。

几乎是毫不迟疑地，我赶忙坐到电脑前，唰地打开。出乎意料，竟完全没有想象中的密码等任何关卡。毫无阻拦，琛的一切都大大方方摊在眼前。仔仔细细过滤了所有的角落，不过是些寻常东西。男人爱玩爱看的东西罢了。正想收手，却瞥见不起眼的工作报表文件夹下，有个叫“妮妮”的子文件夹。

霎时，一股巨大的紧张感笼罩我的全身，肠应激的感觉再次袭来。

我颤颤巍巍点开，上百幅图片瞬时摊开来。全是同一个女孩，穿着的，没穿的。

她特别自信舒展地面对镜头，像那种时下最流行的、五官干净清纯的婊子。黑色的内衣显得高档，显然还是一身的。其中某一张，她俏皮地把胸罩戴在脑袋上，敬了个好像飞行员一般的礼。

我的胃仿佛被什么重重踹了一脚。头皮发麻，全身发麻，指尖冰凉，凉到发酸。

几乎是同时，我顺利地自动登录琛的邮箱，里头乍一看全是工作邮件和他懒得删除的无聊广告，不相干的未读信件就有两百多封。没有任何私人信函的痕迹，表面干干净净。我却没有罢休，平静且呆滞地点开角落里的“最近常用联系人”。叫“妮可”的名字，排在第一个，赫然的。

我知道，名叫妮可的女人，是琛的前女友。但我不知道，或者不愿知道，她竟一直是他心里的“妮妮”，是他的“最近常用联系人”。

为什么要把电脑放家里，为什么不设置密码。我不知道，此刻哪个更戳自己心窝子，究竟是琛与标致的前女友两情相悦黏黏糊糊，还是琛连个密码都不设——就连保护我不去看到、不受到伤害的最简单的努力都懒得做，都不在乎做。

半夜三点四十分，琛的枕头被我扔在地上。我一个人睡着整张床，却一直没能睡着片刻。打开灯，再次哗地拉开衣柜，看着琛排列整齐的衬衫，突然就想抄起一把王麻子把它们都剪了。

狠狠吞了两颗艾斯唑仑片，挣扎在晕眩里，搞不清是浅浅的梦，还是自己努力的回忆。

父亲带着我去动物园，父女俩手拉着手。

“我们逆时针走，这样可以先看斑马。”

爸爸对我说，脸上泛着暖洋洋的光。我仿佛没有反应，只是看着爸爸咧嘴笑。走到野牛的圈栏边，爸爸拿过我穿的红色羽绒坎肩，装作斗牛士，夸张地挥舞抖动着手里的衣服。我矮矮地贴着爸爸，笑得咯咯咯咯咯咯的。开心得几乎喘不过气。

这世界上，只有一个男人，会不遗余力，只为了逗我笑。我对他说的一切不质疑，可以拉着他的手去一切地方，脑子随时是不用思考的快乐空白，即便跟着跟着他走累了，也知道他总会答应我、保护我。我永远不会被他丢在大街上。

那种热腾腾巨大的安全感，原来只有在这个人身边才能有，才会有。可是，过不了几年，我竟然就要老过他。感觉自己最后的一点好东西也被剥夺了。醒不来，睡不着，心伤成了一个呼啸的洞。

唯一该灭绝的动物是前女友

“前女友压根儿就是一种不该存在的生物，就该都灭绝，都灭了她们。”

瑞秋的话听来不错，很掷地有声。

我不知道和瑞秋算不算所谓闺蜜。和她自大学以来，奇怪地保持着某种“忠言逆耳”的关系。虽然半年见不了一次面，但在对方面前，谁也不太粉饰自己，另一个人也常常会把丑话说在前头。

在我即将失眠分裂的次日，瑞秋的电话撞到我诸事不顺的枪口上。在情绪紊乱中，我把关于琛的一切全撂了。瑞秋分析都没分析，便说：“见一面吧，还等什么。”

瑞秋家附近，有家城中很时兴的西式简餐，倡导以新鲜元素待客。所有食材放最少的油，并且发誓不添加味精。这些承诺，显然是说给吃不得中国人味精的外国人和准外国人听的。他们统统谈味精色变，说那东西害人。想起自己吃了三十年味精，并在榄菜肉末豇豆里没少加那玩意儿。

和瑞秋点了大份的考伯沙拉，马蹄鸡蓉生菜卷，两杯鲜柚汁。然后，我看着对面的她严峻地看着一脸严峻的我。

“前女友就该都发配到鳄鱼岛去。”瑞秋又猛吸一口柚子汁，“你打算怎么弄?”

“肯定得和他对峙一次，等他回来吧。”

“对峙有屁用。他说什么你也不可能真相信，你说什么他也不会因此更珍惜你。跟你说，趁早分了。”

我喜欢瑞秋对“前女友”这个概念的诅咒。但自己不可能既不剪掉他的衬衫、又不和他当面发作地潇洒隐退。这两件事自己一件也还没做。

“我跟你这么说，条件好点的男的，在四十五岁之前，人家换十个女朋友也是应当应分。你要么找个蔫儿了吧唧的，要么你自己就得看得开。心大，才行。”

瑞秋一边说，一边果断地用一只手轻拍着桌子，显得很男性化，“男人，永远都是不想失去眼前的，但最向往那个心里的。”

“你是不是觉得我一团糟?”半晌，我才说了今天的第二句话。

“没什么糟不糟的。每个人……怎么说，都一定有某些看不到的危机，或者，活不出来的自我吧。”

瑞秋好像突然就很黯淡。这么多年，我只知她有个强势老公护着，想不出来，她究竟能从哪些机会里总结深刻的人生。

也许吧，瑞秋也许是对的。人人都是钻在细节里，看不到自己事情的任何前因后果、趋势走向。但每次看别人的日子，却总能总结得头头是道。每个看似稳稳当当的位置，家庭里的、工作上的，其实不堪一击。

离开瑞秋，想起明早的早点还没有着落。我机械地迈向街角的连锁面包房。

早点没有着落本应是件很大的事吗？为什么总是我在担心早点、在去买早点的路上、在卖早点的店里排队。

当然，没有男人，我还是需要早点。但自己还会如此在意和如此烦躁么？要说这世上，最让自己厌恶的地方便是所谓西饼店和面包房。琳琅满目的烘焙甜点，像堆砌到面前的甜腻假象。很多的糖和油，总让我焦虑不安。如果早晨谁给我半个馒头，一块小小的酱豆腐，我想我就会高兴。

前女友是唯一应该绝种的。我反复想着瑞秋的话。但是，她和我不也是前女友吗。这事儿没法避免。同理，哪怕你的男人再出色，他也一定是某个之前的女人挑剩下的。

我们都在和其他女人挑剩下的男人交往。

之后，琛的短信电话我一概不再期待。按理说，他明天该回来。大白天，自己狠狠关闭了手机，乖乖买了半周的早点，想不出哪个面包、哪种馅料是自己真心爱吃的。

你是你所有假想敌的脑残粉

一个前女友，无论长成什么样子，让下家儿的女人看见，都会觉得是对自己一场劈头盖脸的精神施暴。这一定是古今中外颠扑不破的真理。

客观说，叫妮可的女人也许根本相貌平平，可在我眼里，她似乎就是顶着洋气的光环。让人觉得，在另一个更真实的次元里，她和那个我自认为熟悉的男人紧紧连着体，相依越走越远，看去二者都那么陌生。我和琛的时光却恍然成了幻觉。

轻而易举便在网上找到关于那女人的诸多痕迹与信息。单位漫长的午休时间，自己一遍一遍用鼠标划过她的网络头像，想给她添上两撇胡子或什么，分分钟觉得心底有焦黄的火苗在烧。

她的照片和一切修饰都显得精致圆润，似乎不停在晒自己并晒东西，里面不乏一些昂贵的唇膏和提包。看得出，所有照片全部不过是出于需索关注的低级自拍。她总是或远或近、自然地游离在镜头的黄金位置，让人知道镜头背后有个爱她、愿意盯着她看、追着她拍的男人。

突然觉得毫无疑问，是她蹬了琛。我的琛，不过是她曾经的解闷花生米。这个念头似乎不证自明，在我脑子里霸道地横亘。一下子想明白，自己不仅伤肝伤肺地紧张着眼前女人曾如弃敝屣一样的男人，而且还在这一刻，因不能自控地在网上关注她，而成了她的脑残粉。多么残酷。

原来，你是你所有假想敌的脑残粉。

晚上七点，门突然啪的一声响，是琛回来了。琛背着个简单的双肩包，戴着黑色棒球帽，看上去，整个人有点坍塌。

“呦，你在家啊。”琛一副老好人的样子。

“去哪儿了？”

“青岛啊。出差，去哪了。”

“背个双肩包就去青岛了。”我将问句说成冰冷的陈述句。

琛没有言语。走过我身边时，像路边的狗一样，叹了口气。

“妮妮是谁。”

“什么妮妮，说什么呢。”琛显得不耐烦，但听得出怯懦。

“胸罩戴头上那个。”

“你没发烧吧？能让我他妈歇会儿吗？我刚出差回来，奶奶。”

“给她发邮件以后不用删掉，既然都是常用联系人。”

“电脑是私人物品……你觉着，你这样有劲吗？”

“私人物品你就带在身上！私人物品你就设个密码好歹！”

“你就作吧。你这样，和那种天天疑神疑鬼的老妇女有什么区别，别把自己搞得跟怨妇似的。”

“我就问你她是谁。你们什么关系。”

“什么谁，我跟你说过我前女友，怎么了，就我前女友怎么了！”

“前女友就不该出现在现在……这个时空，所有的一切都不行。”

“我再说一遍，妮可就是我前女友。”

琛叫嚣着再次说出这个叫妮可的名字。

也许，是见我表情已然恐怖，琛突然放缓语调，低下头说：“水至清则无鱼，每个人都有自己的过去。我也没有要求你什么。”

“这是常识。不需要要求。”

我将自己气得胸口阵阵发紧，感觉到冲上耳窍的气压。

“我，怎么就没有把我的每个前男友穿着裤衩存在我电脑里？……你这是没道德……是欺骗感情。”

“欺骗?!”

琛突然仰起脸来，然后言之凿凿地说：“跟我谈欺骗，你不也早三十了，还那儿装妙龄女郎么。”

后来，我不再知道琛什么表情。只知道自己半晌都无法动弹，不能说话。

好久，我默默走到门边，默默踏上船鞋，默默开门离开。背后的空气一直是冷的，也不会有人追过来。

一个乌烟瘴气却依然可以傲慢无礼的地方

用身上仅有的钱，拦了出租。在车的后排，自己满是屈辱地流着眼泪，不想让前排的司机看见。那么糊里糊涂就到了灯火通明的热闹地界。原来是三里屯。

沿街有很多橱窗，里面的衣饰冷若冰霜。从各个方向扑面而来五颜六色的男女，像是一场光怪陆离的国际派对。

寒风里，胸腔在剧烈地起伏。仿佛是这样陌生、冷漠和无状的世界，没有同类，只有我，和我背上压了三十年的不安。我要掏出电话打给琛，我要声嘶力竭地说出我的失望。一遍一遍，琛一次也没有接起来。

自己再一次被丢弃在大街上。顷刻间，将要失去男友的焦虑竟一下占了上风。

失去琛，我将又是一个人。一个人这个概念，是那么可怕。我蹲在地上哭，哭成了一团，眼睛却像得了干眼症，分泌不出像样的眼泪。

其间，有腰很长的中国女的挽着秃顶的外国男的，两个人遛着一条很大很大的狗。人和狗都远远斜眼看我。料想，自己在他们眼里，不知多么古怪可悲。

用自己将近三十岁的脑筋想一想，能有多爱琛。也许理智地说，一切不过是暂时的情绪扯淡罢了。但是，只有和他在一起的时候，才觉得自己是活着的，其他的时候，都是在等待。我的心脏一整天都像脆皱的牛皮纸，颤颤巍巍地展不开，世界一片苍白。一些快绝种的人给这种爱，但是却没有人有能力接受。关键是，大家只是在买东西，要东西，互相买东西，互相要东西，在一个乌烟瘴气，却依然可以傲慢无礼的地方。

在三里屯明晃晃的橱窗下，才意识到，爸爸离开后，这近二十年的时间，我都是特别寂寞。不再真的有陪伴，被各种各样的人，随随便便地对待。

突然，人生中我第一次认真地以一个“前女友”的眼光去看待自己，并回想我那些所谓前男友。其中，自然也会有个别被我蹬掉的。但即便是那样，他们也都在分开后茁壮地活着，结婚生子买房买车样样不耽误，日子过得敲锣打鼓、别开生面。

想起曾经那些说爱我不渝的誓言，竟突然笑出了声。既然那么爱我，那当初和我分手后为什么不去寻死、不去当和尚？

无论前男友、前女友，也许都是该灭绝的物种。终于，双眼泪眼婆娑。模糊中意识到这个城市里有无数感情充沛的男女，而那些牵挂里没有我。

林 赛

外貌糟糕，性格骄蛮

傍晚，城中使馆区附近的商业街总是显得有点夸张。有穿着白色旗袍脚踩黑色松糕鞋的年轻女人在遛狗，脑门、脸蛋和下巴上的皮肤透出硅胶一样平滑油亮的质地。那里面也许就是硅胶。

自己以一种近乎二流子的姿态，拿着半个麒麟啤酒，瘫坐在数量稀少的长椅上。旁边有外来务工的男人在闷头吃一盒饭。说是饭，里面像是茄丁儿面。眼前的喷泉，水喷得毫无创意，也一点儿都不壮观。公放着的音乐是一首过了气的韩语歌，而我只能听懂一个词，意思大概是爱。

我是从单身以后，才开始观察所谓剩女为什么找不到男人的。人们依然在说，是这些女人太过优秀，啧啧，标准太过虚高，于是她们才要单，长年要单。

我可并不是一直单身。或者说，我没有单身得心安理得。去年的离婚，让我再度过上大学毕业时晃晃悠悠的日子，再度被迫单身，被迫自处。

于是，我开始观察其她独来独往的女人。我想，看来我们都是一群“过分优秀”的女人吧。然而，越是观察，却越开始确信单身的女人不是太优秀了，绝不是。相反，不是外貌糟糕，便是性格骄蛮。要不，就是既外貌糟糕又性格骄蛮。男人都是先看脸蛋三围，继而寻求温柔可人。这无可厚非。所以，谁会愿意对着一个既娇气矫情，外貌又差强人意的家伙。于是她们要单。

但我始终参不透的是，自己是不是也是因为同样的原因，再次被抛到单身市场。

有时也暗自惊讶，自己已经将前夫的脸忘得差不多了。那是一张像骆驼一样友善的脸，但是另一面又可以极其狰狞。

再度单身后，仿佛才突然意识到：自己曾经是嫁了个知名律师事务所的合伙人啊……生活总体安稳殷实，似乎也算离平常妇女内心寻求的幸福很近了。然而不过三年时间，我又被某种巨大的离心力，从那种幸福假象的圆心里，干脆地给甩了出来。那离心力，也许是丈夫骨子里的苦大仇深(早年出身三线城市城乡结合部，事事较劲，看不得人养尊处优)，也许是我的不知感恩(离婚前，丈夫天天把这个挂嘴边)。

所谓不知感恩，大概是指我过分看重自己那摊毫无起色的工作，且没有及时表现出作为他太太巨大的幸运感和幸福感吧。你什么时候能把我和这个家当回事儿，丈夫有时候会这样说。

毫不偷懒、缺乏技巧、丝毫不混日子地工作，似乎是我们家族顽固的遗传基因。这和成功不成功毫无关系。自己自然也难逃这样的宿命，自从大学毕业便像某种上了弦的东西，连轴地转，停不下来。与其说是敬业，不如说是某种能力的缺失。

从大学毕业后供职的家居杂志跳槽到目前的公关公司，两份工作间，我都不曾让自己喘息一天。而这第二份工，一干就是近八年，从跑腿干到依旧跑腿，但头衔总算是升到了所谓客户总监。我会全年没有病假地全勤，更会在休年假时依旧坚持检查邮件，并一一回复。

结婚三年，我和丈夫除了无边的争吵、误解和记恨，毫无任何形式的升华与结晶。孩子这个念头，对我来说，甚至动都没动过一下。曾经，婴儿对自己而言，就是一些浑身散发难闻乳臭并会随时咬烂奶头的可怕存在。可谓无半点吸引力。

至今不知道，自己和丈夫为什么过不下去。但似乎也不后悔当初没有选择继续和他纠缠过下去。三年时间，我们总争吵，总争吵，总争吵，砸坏的电器先后有：一台电脑，一台电视，一台智能电风扇，一盏台灯。我们在一起时，没有任何一方死去活来地爱对方；分别时，也没有任何一方死去活来地拽着对方不走。虽然，想当初两个人拍拖、看电影、进晚餐、谈人生谈理想这些事都曾一起津津有味地做过。

是丈夫先不想要我了。但，即便是最终被他蹬了，自己也没有手下败将的感觉。也许就像人们说的，早就过不下去了吧。

生活，是一个表面浮着一层猪油的水潭。大部分人此生只能在那浅浅的一层猪油上漂浮，不会有机会接触真的潭水，更别说潜入潭底看景。我本以为，自己也可以就这样安全地漂浮在我的猪油上到老、到死。直到离婚那天，我眼前风平浪静的猪油表层骤然分开，而我，毫无游水技能地沉入了潭底。

夜色越来越重，商业街上的人越聚越多。要说以前，自己可从不觉得像麻秆儿一样的瘦高女孩会好看。而今，突然觉得她们都个顶个儿如此年轻漂亮。甚至，都不需要漂亮，只要年轻。

我怎么老到了这个地步。再次试图梳理出自己离婚后的精神面貌，依旧是徒劳。要单，孤独，此刻，还觉得如此衰老。三十二岁。才不过几年，但特别年轻时候的事情，竟一件也记不起来了。

我怎么老到这个地步了。

他甚至不能为我结账一块五的矿泉水

坐在办公室的电脑前头，我塞着耳机，一脸凝重。此刻，同事们一定认为我因怕打扰，所以如此聚精会神地写董事会报告之类的严肃文件。其实，我的耳机里播着陈升，而心里就快要乐出声。

早晨，和大老板 catch-up——所谓例行短会的时候，从老板嘴里意外得知，她要辞职了。她，是一个职位与我平级的总监，几乎和我同龄，极喜欢穿拙劣的坡跟鞋。从坡跟靴子到坡跟单鞋到坡跟凉鞋，不一而足。

对于这个从天而降的喜讯，我尽量表现得轻描淡写。只说了句哦我不知道啊，那很可惜啊，她一直把工作抓得很不错云云。这当然是最虚伪的口是心非。公司里人尽皆知，我和她向来过不到一块，算是死对头。

说来也可笑，自己都快记不清为什么和坡跟鞋如此决裂。当年，大约因为抢部门实习生的事而相互结下了梁子，各自都出言不逊，之后便几乎零交流。厕所遭遇的时候，即便侧不过身也绝不打招呼。不得不开口的事，就尽量用邮件的抄送栏。这样的局面持续了大概三年，中间还夹杂着两次事态较为升级的拌嘴。

讨厌的人要自行解决自己，这难道不是大快人心的事么？要知道，因为坡跟鞋和她搞小团体的缘故，已经导致我和办公室里部分人员关系十分紧张。如今，她走了，便是我的某种胜利吧。

陈升在声嘶力竭地唱，节奏缓慢悠长，像是从前世飘来的调子。我真喜欢啊，真是美好的一天。一边遐想着，一只手不禁轻车熟路地在电脑上打开那个熟悉的页面。

用户名叫“中午吃食堂”的那个人，今天并没有什么更新，既没发可笑的段子，也没上传冷门的音乐专辑。

“中午吃食堂”，是这家公关公司上海办公室的头儿。他大概四十五岁的样子，头发短而密，长的样子是标准的奶油小生，浓眉大眼直鼻梁。但也许因为上了年纪，便成了奶油小生沧桑版，眼神冷漠寡淡的样子，莫名其妙地吸引人。薄薄的两片嘴，永远禁欲一样紧闭。

我想，如果说自己暗恋“中午吃食堂”，也并不为过。

他在去年从一个新闻机构高调加盟公司。第一次来北京开会，在大会议室里，他久久盯着我看。我看向他时，他又转而盯着会议室用作电话会议的“八爪鱼”话机。

上上个月，我去上海出差，中午和他吃了一顿两个小时的港式火锅，菜量小得简直惊人，让人不确定是否该将袖珍的虾滑向锅里滑去。然而，他还是松爽地付了近八百元的账。当时的情况，其实是谁也没约谁，但我和他都在办公室毫无原因地久坐。待同事们都走尽了，我们才各自露出忙完状，之后自然而然相约午餐。

那顿饭，当“中午吃食堂”殷勤地为我的小火锅里下虾滑和鸭肠的时候，我几乎就想栽倒在他怀里。直到他忽然败兴地提起自己和女儿去海洋馆看海豚表演的事。真是败兴。

自那次从上海出差回京，“中午吃食堂”便会时不时发个信息招我一下。你招我一下，我招你一下，似乎这样两个成年人就可以变得很熟了。

“刚路过咱们一起吃饭的地方，发现正在招聘经理，所有条件我都符合。”

午饭后，再次收到“中午吃食堂”的信息。

“我家门口的饭馆专招拌凉菜业务员，我觉得你更适合这种专业性强的。”

我回信，莫名其妙地为这样的文字游戏沾沾自喜。

有一次，我问他，你这种人从不吃食堂，干吗叫中午吃食堂。他回了一条很长的，大概说，中午吃食堂的人生是最快乐的人生；中午请对方吃食堂的交情是真正的交情。

又一次，他兀自发来一行字“出师未捷身先死”，没头没尾让人搞不清状况，我便理都没理。想必是老男人内心蹿起的哪门子情绪浪花。既不想让女人懂，又强求女人懂。

我虽内心知道，自己连人家的备胎或千斤顶都不算，却几乎一天几遍地看他的个人页面。如果没有及时更新，我便孜孜不倦翻看他过往说过的话、关注过的事。

他在南方出生，在美国受过良好的大学教育，外语词汇量和个人涵养全部无可挑剔。如此聪明的一个男人，却在网上总说些自嘲和装傻的话，轻微的玩世不恭，在我看来简直不可思议的性感。虽然俏皮话这年月谁都能来，但似乎他的段位就是这么高。

我带着心中的一丝雀跃，还未完全消化坡跟鞋要辞职的喜讯，同时翻看着去年“中午吃食堂”每天发在网上的话。去年十月，他时不常转发些半裸女人的照片，然后配上一两句老男人调笑的话。即便是这样，我还是喜滋滋地看着。但是，有关女儿的微博，是万不能原谅的。只看到一条，说带着女儿去听“子曰”演唱会，我便断然关掉了页面。真是败兴。

老男人如何闷骚，都是女人喜闻乐见的。但看老男人在女儿面前贱骨头，还是算了吧，我不乐意看。

此刻的办公室，简直可以用万籁俱寂来形容。离午饭还有至少一个小时，让人不知所措。如果时间是无限的，便无效率可言。但单位便是这样虚伪的地方，人为限定时间，预期某种效率。一群呆坐着每月领薪水的人，怎么可能有效率。这样想着，几乎怔住的思维却被突如其来的电话打断。我端详着那个号码，反应良久，然后脑子猝然发麻，是杰。他竟然真的会“跟进”啊。

“怎么了，有事吗？”

“呃……是不是打扰你工作了？”

“谈不上。”

我一点不热情。他尴尬地沉默，显得很弱势。

“就想问问你好不好，”杰继续用积极向上的口气故作开心地说，“我那些朋友都邀请你下次再来看他们表演，其实……下一次就是明天，希望你能来。”

我没说话。觉得没必要，自知他一定会绷不住，继续说下去。果然，杰终于说：“晚上去找你吃饭吧。”

这个自言自语的英国男生，前天晚上九点一刻才出现在我的生活里。

当晚的我，从使馆区附近的商业街，一路潦倒地走到巷子里不知名的酒吧。没觉得自己心情多么不好，但一进酒吧，点了五十元的长岛冰茶，便坐在最后排的角落里开始不停地掉眼泪。使劲吸气，瞪大双眼，但眼泪还是掉。

其实，不用藏在角落里，我也是酒吧里唯一的客人，除了吧台上坐着的两个专心玩手机的黑胖子。那都像是老板的熟人。

那晚，整个酒吧的光线像红孩儿的火云洞，还弥漫着一股强烈的公共厕所味道。也许就是公厕改建的吧。往台上望去，有个自娱自乐的小乐队，都是些外国人。其中，唱歌的是个肥胖的白人中年妇女，穿着嫩粉色碎花长裙，显得非常自我并如痴如醉。贝斯手是个长得像约翰·列侬的男人。平心而论，胖女人唱得很一般。但在暗处的我，听着她翻来覆去地唱简单的歌词，眼泪就是止不住。也许是因为没有观众，她便自顾自反复练习同一首歌，反复地唱“如果你错过我坐的那列火车，你就知道我已经不在了”。

不知道哭了多久，直到自己也觉得哭得没劲了。空调风干了眼泪也风干了我的脸。就在这时，杰推门进来了。

初次看到杰，觉得像个短脸版和年轻版的休·杰克曼。隔着老远，便能感觉这外国男生如此年轻，比自己年轻。当时，杰穿着一件蔫儿了吧唧、灰不溜秋的 T 恤。下身是一条那种有无数个兜的粗布短裤，趿拉着一双人字拖。可谓我最厌烦的外国小男生打扮。圆领 T

恤领口处毛茸茸的隐约可见，手臂上肌肉一条一条显得粗壮。手腕上随意戴着个塑料质地的绿色破环儿。

他面无表情地盯着我看了三秒钟，神采奕奕的样子，然后试探性地到我的隔壁桌。他撂下双肩包，坐定，又起身到吧台，向其中一个中国黑胖子用熟练的中文要啤酒喝，想必也是很熟。

“这些……都是你朋友?”

待杰回到座位，我竟然会主动开口和他搭话。这让自己也很吃惊。但他显露出十分的惊喜，继而滔滔不绝地介绍自己和台上那些反复唱同一首歌的人，说一个叫周，一个叫梅芳。周，梅芳。我听着这些对我毫无意义的字眼，说真好啊。

不知道聊了多久，我觉得眼皮发涩，低血糖的感觉混着醉意袭来，一波比一波强烈。“对不起，我要走了，”我向杰伸出手，表示道别的友善。他重重地握着。两秒钟后我想把手抽出来，但他揪着不放。

当晚，我和杰在酒吧里洋人、假洋人、中国黑胖子以及假约翰·列侬温馨的注视下一起离开，回了他在工体附近租住的屋里。与他合租的人，据杰说，是个来自美国的女同性恋，是个“不可多得的好室友”。当晚，她并没在，只留着一张字条，大概是说阿姨来收拾过屋子了。

“这刺猬是你的？”

杰屋里堆着各种古怪的东西，我若想问，每件都可问上个三五分钟。然而，只有角落箱子里的一只刺猬吸引了我。

“他叫 Shuni。”

杰说着，将刺猬从布满锯末样碎屑的箱子里抓出来，轻轻握在手里。刺猬一张袖珍的尖脸上毫无表情。

我什么都没说，心里升起一种对这只刺猬莫名的厌恶。某种微茫但坚定的女性直觉告诉我，这刺猬是上个女人留下的东西。

当晚，杰枕着我的锁骨都能睡得香喷喷，脑袋是肥皂味道，并不让我排斥。半夜，我面无表情地盯着陌生的天花板和怀里的陌生小男生，觉得自己每次喘气都是老成持重的，像个大婶，像个搂着一只宠物狗的大婶。就是觉得这么老，丝毫不夸张。

第二天一早，我撇下他，招呼没打就去公司照常上班了。

男女之间也像一些项目，有的完全没有必要跟进。那些经过各种慎重投入与核算的，才需要双方不停碰头，然后有的放矢地执行、向前推进。像我和杰这种，完全不过脑子地亲密一宿，有些阅历的人谁也不会当个事儿。事后，大概都可以自动归为情感烂尾楼那一档。

但是，谁知他今天就真的“跟进”了。

“晚上要加班。”

“哦，那别介意。”杰的口气马上一落千丈。

“但明天不就是星期六了吗。明天约吧。”最终，自己还是不能完全忍心。

杰兴高采烈地挂了电话。尽管隔着电话线，我还是能想象他那一副穷开心的样子。

周六和杰约会的时候，发现他竟然穿了 POLO 衫，也换上了驼色灯芯绒长裤和正经皮鞋。记得，当年自己就曾明确禁止前夫穿邋遢的凉鞋或短裤。男人就该穿得规规矩矩的。那时，自己曾这样煞有介事地说。

“早知道那天会在酒吧遇到你，我一定会穿西服打领带的，呵呵。”杰说。

“我长得有那么像人力资源吗?”我说。

我随着杰一道去他兼职教英语的学校看了一圈，我也没什么兴趣。之后，又一起吃了午饭，是在一个咖喱做得挺地道的连锁店。

自己点了烤蔬菜咖喱，杰点了香肠咖喱。看着他那小动物一样的脸，便说，“我请你。”他只说了一句，“你肯定吗。”然后，就心安地吃起来。

之后，我和杰一直这样有一搭无一搭地见面，做一些仿佛是拍拖做的事。我好像也并不太介意吃饭埋单。觉得，如果在内心拒绝认为自己是他女友，他也就不算吃我软饭。就这样，一个月轻轻松松便过去了，我似乎不再感觉那么孤独。

在公司的时候，总会时不时想着讨厌的坡跟鞋就要滚蛋走人，心里觉得真是云淡风轻。只是，坡跟鞋还不肯痛快地消失，让我每每想起“不肯就死”这个偏僻的字眼。由于她把简单的工作交接搞得很磨叽，导致我时不时还会在女厕所和她狭路相逢，真是添堵。末了，自己还是一句漂亮话也说不出啦。讨厌就是讨厌。

以为这一切平静的好心情会如此持续下去，直到和杰去超市的那天。

电影散场，我们路过7—11便利店，觉得口渴，便进去买水。我和杰各自拿了一瓶一块五的矿泉水。然而，杰走在前面自顾自结了账，付了一块五，然后站在收银台便拧开瓶盖咕嘟咕嘟喝起来。一瞬间，我几乎要飞起腿踹他一脚，当然，还是忍住了。

突然，脑子短路一般怀念起，数月前"中午吃食堂"为我面前的火锅殷勤地下虾滑和鸭肠的景象，以及结账时的干脆与妥帖。也许，这真是东方老男人的老谋深算吧。

才发现，已经很久没有上网窥探"中午吃食堂"的个人页面了。也许，该好好看看他又有什么新鲜事。

顺产大奶牛

周一到公司，我心中几乎已经决定，不再搭理杰。越想越明白，他在我心里就像那瓶一块五的矿泉水——如果时机对，也许能带来一瞬的解渴和珍贵。但归根结底，不过是随处可见的一块五。

如重操旧业一般，我继续孜孜不倦且津津有味地翻看“中午吃食堂”的个人页面。不到一个月的时间，他就像某种既定程序一样，产出着微妙诙谐的段子，惹得我像个疯子一样，兀自对着屏幕傻乐。

顺带也看了看其他相关同事的主页，都是无聊的照片——食物、自己，或者自己和食物。真是可悲。有女同事在网上高调宣布自己是“顺产大奶牛”，底下的评论中啧啧赞誉和祝福一片。什么时候开始，生孩子，尤其是生二胎的能力也变成某种炫耀了？“顺产大奶牛”大概是想暗示自己吉人天相，母子平安，奶水充足吧。

就当我还流连在“顺产大奶牛”的页面时，老板冷不丁站在了背后。我慌不迭关上页面，打开邮箱，想要收藏狼狈。可老板似乎并不在意，只是万分友善地说，“林赛，你有时间吗？有时间到会议室一趟。”

进了小会议室，外国老板和中国人力已经端坐在里面。二人均很不正常地笑容可掬。一种凶多吉少的阴霾一下子笼罩了我。

“你最近是不是瘦了，在健身吗？”老板依旧很不正常地笑容可掬。

“我只是想学游泳啊，还没开始，没想到光这个念头就能让人瘦啊。”

我适时开了个玩笑，之后三个人都夸张地笑起来。看似随意聊天打人情牌，往往一定是没好事。

“是这样，公司目前在做一些结构调整……”

直到这一刻，我依然不认为、也不担心自己会被炒鱿鱼，所以实在搞不清人力究竟想扯什么。然而，我之后听到的陈词比炒自己鱿鱼还让人心烦意乱。

原来，坡跟鞋不仅没有辞职走人，还被高调挽留了下来，成为了执行副总。而我的职位今后需直接向她汇报。

“我们很欣赏你的职业态度和成熟，以及你对这个决定的接纳和尊重。”

还未容我说些什么，老板和人力更加笑容可掬地为我戴上善解人意的帽子。这话听来十分诡异，想是上下皆知我和坡跟鞋的深仇大恨吧。

“我尊重公司的决定。但是请不要说我接纳这个决定。我也需要时间消化。”我声音低沉，但一字一顿地用力。

从会议室出来，我神色安然地回到自己的座位。短短一路上，我觉得自己简直像双耳失聪一样什么声音都听不到，除了回响在心里的一个声音：你的工作今后向坡跟鞋汇报。

显然，坡跟鞋这几个月来辞职是假，在暗中默默斡旋和钻营是真。目前，想弄清这背后的猫腻与神奇已经毫无意义。关键问题是，我怎么办。

手机一下一下地闪，是杰打过来的电话。我啪的一下子就摁掉了。

觉得可笑，这一刻自己是如此势单力孤，连个商量的脑袋瓜都没有。死对头成了顶头上司，虽说脑子里一团乱麻，但内心清楚明白，公司是待不下去了。或者说，老板什么的，也压根儿没认为我会待下来。所以，我是个被牺牲掉也无所谓的人。一个干了八年依旧可以被随时牺牲掉的人。

我在电脑前静静坐了一刻钟，便踱出写字楼，直奔近旁的银行。在 ATM 机上匆匆检查了一下，卡里余额显示有十万块。虽说不是什么让人心安的存款，但足够我支撑一阵子，每天躺在床上也不用担心谁戳我。

脑子里的乱麻瞬间消解，只剩下清晰的两个字：辞职。

生平第一次，我决定直接辞掉这一切。然后，好好给自己放个长假。

两个要滚蛋的人

杰的电话时常打来。有一次，居然连着打了二十几次，但我一次也没再理会。手机调成静音放在包最底部，隔着一层布都能看见急促地一亮一亮，甚至让人觉得恐怖。之后也就消停了。他的样子，在我脑子里越来越被那瓶一块五的矿泉水直接置换。想起他，就想起矿泉水，继而是一块五。

在正式辞职走人之前，我依旧按部就班处理着日常的工作，干所有我不想干的事情。不同的是，现在的我，在公司便完全将大脑和情感关闭，只留下流水线上一般的机械动作。就像是缝袜子和手套。写邮件、发邮件、公文格式、用谦词……即便对方是个傻帽，也依旧你一言我一语地试图推进业务。对于收件箱里的邮件，一般只在预览窗口匆匆扫一行，便直接回复或归档。原则是，不能二十秒之内回复的，就归档。

任何邮件里的文字，读多一点点，便会有某种情绪产生。哪怕再细微，也是无聊、烦闷、愤怒或者什么其他的感情。现在的我，再不想应付那些。

每日午饭后，我依旧像完成“每日一练”一样有规律地关注“中午吃食堂”的个人页面。有时，也会有刹那的冲动，想用某种闷骚的方式告诉他，我就要离开公司了。旋即又觉得，一把年纪何必这样主动，让自己跌份。毕竟，此刻一个远在上海办公室的闷骚老男人，能解的渴，也许还不如那瓶一块五的矿泉水。况且，机构本来也不大，他一定知道我要走，不是一样对此不闻不问的样子吗？不过，我所感兴趣的“中午吃食堂”，本就不是会在网上和人闲扯淡的男人。

然而，就在公司行将为我举行送别晚餐的那一周，“中午吃食堂”竟然空降北京办公室出差。

和每次印象中一样，四十几岁的人，依旧是一副冷峻少年的气质。薄薄的嘴唇像禁欲般闭得紧紧的，头发利索得一丝不苟，眼神冷漠，显得非常商务和严肃。一双眼下面有些发青，也许是天上飞的次数太多了。

晚上就是公司为我举办的送别晚餐，据说还有卡拉 OK。想着就要和“中午吃食堂”一起待在吃喝玩乐的地方，想着他越界的眼神和紧闭的嘴，心里就兴奋得痒痒。旋即又觉得，作为三十二岁的成熟女人，自己这样是不是太失态了？

“怎么样，下一步打算到哪里高就啊？”

就在我想入非非时，坡跟鞋竟突然走来倚着我的办公桌。敦实的身体依旧架在一双坡跟鞋上。

“没什么下一步，也没什么打算。想休息一阵。”

“呦，那是要去哪儿度假啊？”

坡跟鞋和老板与人力资源一样，脸上突然浮起笑容可掬的表情。

“日本。不知道是东京还是札幌。”

我答得口气缥缈，仿佛生无可恋。坡跟鞋反而就一下子不知所措，只说了句哎呀也好啊也好啊。然后，踏着坡跟鞋遁开。想来，自从提出辞职，我和坡跟鞋之间除了冷淡的邮件，依旧从不交谈。

此刻，从我的位置，透过一个方阵的电脑屏幕，只能看到“中午吃食堂”的脑门和浓密的头发。即便是坐在北京暂时的办公桌前，他也几乎像磐石一样一动不动。工作时的毅然，和私底下的玩世不恭，这样亦正亦邪的男人简直可谓流氓会武术。我再次不可救药地觉得，自己是暗恋上“中午吃食堂”了。

一天下来毫无交流，大家似乎都在忙。到了晚上，在声色犬马气质的卡拉 OK 包厢里，我觉得所有人几乎都忘了这是为送别我而举行的活动。

同事们，不，前同事们从扭扭捏捏合唱，变成抢麦对唱，就连坡跟鞋也飙了一曲《青藏高原》，引来掌声口哨一片。直到八点三十分，“中午吃食堂”才不知从哪里蹿出来，姗姗来迟。坐下后一首歌也没唱，不停地摆弄两部手机。

约莫一分钟，我便收到一条讯息：“裙子很漂亮。不过，脸拉那么长。”这条，自然来自“中午吃食堂”。

我朝着他的方向，轻轻瞪了一眼，又噘了下嘴。突然想，自己多久没有做过噘嘴和翻白眼这样小女生的动作了。

“中午吃食堂”嘴唇的线条依旧很坚毅，像刀刻一般。但看向我的那番眼神，仿佛下了火，愈发炯炯有神。

“不愿意看你别看啊。今天本姑娘就姓长，名白山。”我故作气愤地回复。

约莫九点半钟，我起身说觉得头晕想走了，竟然没人反对。只有老板说了句：“Oh，come on！……”也不算是什么诚恳的挽留。

我独自迈着拖沓得不能再拖沓的步子，出了大厦的转门，站在北京初秋特有的凉意和浮躁里，想，真是个干净和浪漫的季节，一个仅能持续几天的季节。心底自然不免隐隐失望，“中午吃食堂”竟然就被自己果断地丢在身后的转门后面。然而，想起他方才摆弄手机间歇不停瞟向我的眼睛，觉得那甚或是调情的坏笑。他会来吧，他会来吧。

不自觉回头的刹那，觉得心一下跳到了嗓子眼。转门的后面，“中午吃食堂”正跨着箭步向我走来。因为步伐的力度，身体微微向前倾着。

“走么，长白山女士？”他倒干脆。

“不知道，就是不想在里头待着了。”

“这可是给你凑的局，怎么，这么低沉？”

我什么没说，只是冲他一笑。自己也觉得笑得挺惨淡。

“你在北京住哪儿啊?”我岔开话题。

“那边，威斯汀。”

“凭什么啊。我上次去上海出差，怎么给我安排那么差的，是你故意给我安排的吧。洗发水都三合一的。”

“这个罪名我可担不起。算我谢罪，你挑地方，给你饯行。”

“中午吃食堂”一副哄小女孩的样子，依旧双目炯炯地看我，满脸诚恳。我心里却很是受用。

“你不是也明天就回上海么。还是给你自己饯行吧。”

“那就是两个要滚蛋的人。这‘行’必须得‘饯’。”

“你酒店不是有大堂吧么，就去你那儿吧。”

在初秋的夜风里，觉得自己愈发变得有恃无恐。暗恋的男人在眼前，而自己是自由的，没单位没丈夫，再没什么顾忌可以大过这样的舒畅。

夜色里，“中午吃食堂”果断地伸手拦出租。结果，在这样一个永远打不到车的路口，他竟然一下就截住一辆空车，还是一辆城中罕见的黑色出租。后排车门打开，他迅敏地蹿进紧里头的座位，留我可以优雅地腾挪上车。对于三十二岁的我，这样的夜晚，这样的他，是不是就像是从天而降派发礼物的圣诞老人？

空气里充满干燥的凉意，白天的天高云淡化成此刻紫罗兰色的深邃天空，像是一场幻觉。夜色中，依旧可以看见长条状的浮云，清晰地飘在很近又很远的地方。我不禁像小女孩一样开口说：“哇噢……”而“中午吃食堂”似乎并没有听见。

我们在后排肩并肩地坐着。车窗打开一半，柔和清凉的风裹着潺潺的街灯吹进来，仿佛徐徐变成了催情的试剂。虽依旧以同事的姿态自居，但谁都能感到大量的荷尔蒙在初秋的夜色中恬不知耻地撞啊撞。

“你有没有想我。”

半晌，我半开玩笑。因为是开玩笑，所以越要故作认真地问。

“中午吃食堂”仿佛一下怔住了，刚想要开口编点什么，再次被我打断。

“终于辞干净了。没家没业的感觉，原来这么好。”我瘫坐着，全身都很放松，慵懒地说。

“可以好好旅行，和你先生。”

“我，离婚了。”

我将“离婚”二字描得很沧桑、很故意，尤其此刻在他面前。

“中午吃食堂”依旧只是怔怔地看着我。他很明智，这时候不该说什么。

“你不会……对我这种中年离异妇女有歧视吧。”

我大胆看着他近在咫尺的目光，将“中年离异”四个字说得一顿一顿，很是滑稽。

他长长叹了一口气，像是与我有关，又像无关。然后，终于，他将一只手覆盖在我放在大腿的手上。

吹进车窗的风似乎比刚才更大了，我的头发也开始一丝丝一缕缕地飘过眼睛，非常凌乱。这一刻，简直觉得自己如此年轻漂亮，真不知有多久没有这种感觉了。几天前，在杰身边那种类似怀抱宠物狗大婶的思想余孽，终于全部不见了。

“中午吃食堂”的手，原来比想象中还要温厚。我的一只手和半条腿被他来回摩挲着，继而全身发热。我们不再说话。我舒服地跷起腿，裙子有点往上跑，显得出奇地短。这是一条款式像风衣的连衣裙，奶茶颜色，丝绸一样滑溜的质地，一排细细的纽扣，从膝盖处一直系到胸口。

八年了，我一直全勤，几乎没休过一个病假，放年假的时候也在勤勉地回复各种人的邮件。还有，离婚的前半年丈夫还说要给我补拍婚纱照，说是弥补当时仓促成婚对我的疏忽，然而最终他人生第一套婚纱照还是和别的女人拍的，一个不是我的女人。突然搞明白，无论是对于干了八年的工作还是喜欢的男人，我都是他们可以随时牺牲的附件。

我放松地靠向“中午吃食堂”的肩膀。心情像破釜沉舟一样地踩了一脚油门。

三十二岁的淫乱大婶

知道自己怀孕，是在准备去日本前。月经一向精准的自己，竟然晚了一周，一周半，依旧没有动静。看着早孕试纸上的两条线，我一下就懵了。前思后想，只有和“中午吃食堂”那一晚没有采取任何措施。在卫生间愣神了大半天，还是决定拦出租去趟就近的医院。当然，还是一个结果。

回程坐在出租上，几乎是不能控制一般，我将手战战兢兢伸向小腹，想到里头有个很小很小的种子，一种莫名其妙的感觉。

似乎又感觉到“中午吃食堂”温厚的手在我身上来来回回游走。那一晚，这只手将我那条奶茶色连衣裙繁复的纽扣，一个一个仔仔细细解开，膝盖到胸口，一个不落。

竟然没有采取任何措施，也许我是真的暗恋“中午吃食堂”。我再一次无力地想。

前夫，离婚，杰，男同事，肚子里的孩子……旁人会怎样看我，想必是个三十二岁的淫乱大婶吧。但关键是，我没觉得自己是三十二岁。不对，一定是什么搞错了。我怎么老到了这个地步。

即便是天真如杰，也不过追打二十几个电话便消失匿迹。“中午吃食堂”自从孜孜不倦解开我连衣裙上所有扣子后，也没有特别主动地联络过。一个上海，一个北京，他也是不想给自己添乱吧。我长久地盯着手机里储存的他的信息，然后义愤填膺般删除了一切。这时候，他也不会再发什么俏皮话了。发了也没有任何意义了。

我那微茫又坚定的女性直觉告诉我，“中午吃食堂”不会再轻易搭理我了。一如当初我清楚地感到那只刺猬复杂的身世。

然而，从医院回到家，自己第一件事还是打开电脑，然后犯瘾一样地再次追踪起“中午吃食堂”的个人页面。段子，自嘲，行业信息，露点美女……还是那个他，也一直在默默更新着生活。但是，他于昨晚上传的一段话在猝不及防时映入我的眼帘：

女儿生病，要求只吃爸爸做的鸡蛋羹。我领命进了厨房，发现我什么时候做过鸡蛋羹啊，这玩意怎么做啊。

我又一次下意识地将手伸向小腹，想，明天去医院吧。

自从离开爸妈一个人住，这些年自己动辄有胃痉挛的状况。既然，可以在胃痉挛时独自狼狈地去医院，这件事，也没什么不可以。就当是自己生病了，就像处理胃痉挛那样处理。

一周之后，醒来时自己已经躺在新宿的一家饭店里。房间逼仄窄小，但让我觉得莫名地安全。要说度假，想来想去，自己没有任何想去的国家。也许是日本的飞行时间还尚可忍受吧。

曾几何时，还与前夫畅想过租辆车自由随意地游日本。然而，就在几个月前，前夫娶了一个曲线浮凸的财经女记者。听说他们蜜月目的地就是日本。好像是札幌。

我在东京街头漫无目的地瞎逛，累得不行了，就乘坐传说很贵的出租汽车。只是从银座回到新宿，市内不算远的距离，倒也没有贵得那么耸人听闻。戴着白手套的年老司机，小心翼翼地载着筋疲力尽的我回到可以安全歇脚的地方，心中就顿时升起一种感激。

天渐渐黑了，我游荡的兴致也败了，于是钻进酒店附近的家庭式餐馆。看图点了某种鱼生盖饭，上菜后，怎么端详好像也不如对面桌点的那两碗好吃、好看。

那桌，坐着两个年纪很轻的家庭妇女，带着各自的孩子。那是三四岁到六七岁的孩子，一共三个，一个男孩，两个女孩。孩子们都梳着齐整的发型，衣裳干净利落，眼睛黑白分明，透着天真、规矩和傻气。岁数小的男孩，屁颠屁颠跟着两个大一点的女孩，跑到离我不远的电扇旁，然后三人一起对着电扇的风“啊——”地张嘴叫唤，之后推推搡搡笑得咯咯的。我看着孩子笑，孩子也冲我笑。两个妈妈立即在一旁很不好意思地试图阻止和训斥孩子，也向我报以笑容。

我一下子就哭了。饭随意扒拉两口便结账逃到了街上。那种哭，就像在初次遇到杰的酒吧听到那首不知名的歌，然后无缘无故、很久很久地哭泣。不禁想到，不过是在不久前，如果路遇吵闹的小孩，自己的第一个念头还是“谁来找个麻醉枪就好了”。

然而，一周前，当我独自出现在三甲医院人挤人的候诊大厅里，看着排队交费的人群和地上不知什么人遗留的呕吐物，觉得心情简直已无以为继。曾几何时，自己的一切都变得那样无可挽回地衰败——莫名其妙的就变成了三十二岁，四十二岁也开始变得不是不能想象。每天到家都是无梦的睡眠，只是打工，只是机器。即便是在可怜有限的自我时间里，也感觉不到丝毫自己的进步，不是看漫画，就是看漫画。自从离婚后，父母也几乎不愿再与自己说话。父亲只会偶尔对我丢下一句“女孩子要自重!”然后一味地惯着已经养了八年的狗。他每天将狗抱在怀里遛，狗也不愿走，他也不愿走，但还是每天遛。如果，如果我能带来一个崭新的生命，那么年迈的父母，是不是就可以有些许活力和由衷的欣喜。他们的脸，那么悲哀。

突然，我再度想起前夫的诅咒。半年前，从和前夫共同的朋友那里，听说前夫言之凿凿地说我“再找，只能找我爱我家地产经纪那个段位的男人”。想想他这番扬言，再看看自己的现状，觉得他当时这话应改成“再找，连我爱我家地产经纪那个段位的男人都找不到”。

出了餐厅不久，夜色就变得很重。东京的夜风，风干了我的眼泪也风干了我的脸。一抬头，发现久闻大名的歌舞伎町一番街就在不远处。前老板是个日美混血，当他得知我要去东京，曾严肃警告我不要独自在夜晚太久流连于新宿街头，说不安全。

不安全吗，却不觉得。这时，手机在包里“嗞”的一下。我平静地将手机往外掏，惊讶于自己的毫无期待。低头一看，是杰用生硬的中文打的一行字：你把我当作了什么?

手机开通国际漫游后，来自杰的这条讯息是至今唯一的一条。将手机紧紧攥在掌心，远处街头的艺人开始唱一个调子，像极了自己脑仁深处一直盘旋的那个执拗的调调，聚精会神地想来，原来是陈升那首老掉牙的《北京一夜》。它被各种改编蹂躏后，又被人忘却。那曲子漫长的前奏，就像从前世飘来的曲调，让我兀自出神。

我长久地看天空，是曾经见过的紫罗兰色，深邃得像一场幻觉。远处的巨型广告牌上，是《失乐园》电影的男主演，手拿着一个麒麟啤酒，一脸英俊。这一刻，我不知道，自己究竟是个失败的老女人，还是个依旧不知天高地厚的孩子。

下意识地将手伸向小腹，想着里面有个很小很小的种子，依旧觉得不可思议。但终于可以坚定地告诉自己，我不是一个人。

有小混混向我走来说着日语，有欧巴桑笑眯眯递给我传单，我一言不发，他们便都退下了。

兰迪、翠西、茜、乔安

那些我不再需要的女朋友——（兰迪）

“您的脸好点儿了么。”

“没好啊。你看这儿，又他妈长了。”

“看不出来啊。”

我一边安慰着卖菜的大姐，一边不禁觉得，她脸上的疹子是又严重了。

一个平常的周二，我在平时常去的菜摊买菜。今年开始，我基本做到和父母分开开伙了。当然，偶尔也会帮他们做上一两顿。

卖菜的大姐最近一直被奇怪的皮肤病所困扰，看遍城中大小医院全部无果。怪了，只要一回老家就全消，一到北京就满脸疯长。

但她还是得在北京卖菜，两个孩子正在西葫芦旁边做作业。

眼看三十，我还谈不上一场稳定的恋爱，甚至谈不上任何一段稳定的关系，除了和父母的，和猫的。如此的旱情，有时都会让我的性别意识模糊起来。很显然，没有什么迫使我需要更女性化，或母性趋势增强。

昨天，在走进一家价格虚高的衣饰店的时候，看到每个价签，自己都不能控制地小声说他妈的、他妈的、他妈的。

回想今天中午的小插曲，更是越来越质疑自己还是不是个正常姑娘。

中午，我发着低烧，去一家台湾餐厅吃饭，眩晕中，只想一屁股坐在有皮沙发的座位上。服务员小妹却捯着小碎步紧奔过来——

“请您坐那边。这是四人座。”

当时，我环视一下几乎空着的店面，星星点点的客人都是成双成对。

“您几位啊？”

“我一位。”

然后，没等小妹接茬，我低声却郑重地看着她，说：“我坐四人桌怎么了？”

不知道那一刻我的样子究竟有多可怕，小妹几乎是蔫蔫跪安的。远处一个戴着耳钉的年轻男服务生，也像看老娘们儿一样悚然看着我。

一边琢磨着自己究竟有多不可爱，我步伐沉重地提着菜往家走。一抬头，就能看到楼房的十层，从父母屋子里散出的灯光。那灯光一闪一闪，时明时暗。老两口一定在看电视。我不认为快三十了和父母一起住有什么别扭，也许这证明我还是个女性化的姑娘，有着恋家的特性。

每天仰望那盏灯光，我就会想，有一天他们都不在了，真的只有我一个人的时候，猫也一定死了，那里将是一片漆黑。想着想着，就觉得马上要哭起来。

电梯里已经率先冲进去三个女人，没人为我按着开门键，于是我和我的菜，就被夹了个正着。电梯门关上，三个女人中的一个长脸婆，不偏不倚堵着楼层的按键。

“麻烦您帮按下十层。”我语气算是客气。

对方几十岁的人，拿着手机，只是饶有兴味地看，跟没听见一样。

“麻烦您，十层。”

长脸婆依然默然。半晌，突然瞥过来：“你自己按啊。”

电梯缓缓上升，长脸婆的七层到了。我突然放下一兜子的彩椒、白萝卜、娃娃菜、长茄子和散装鸡蛋，用连自己都惊异的严厉和镇定，掷地有声地说：“让您帮忙按下电梯怎么了，到底怎么了。”

“哎，你这个人有意思哎，我这忙着呢，怎么了！”

长脸婆无力地还嘴，一脚门里一脚门外。电梯门就那样摆啊摆，夹着她上下一边粗的腰，怎么也关不上。

“没怎么。”

我定定地看着她。然后，突然不可遏制地说出一番掷地有声的陈词：“我就想告诉你，我是这楼里最早的住户。那时候没有人卖房也没有这些租房的人，十几年了，我没见过像你这样的邻居，这个楼是小区的文明楼，我只是觉得你的做法不符合我们楼的精神，你赶紧下吧，不要再耽误大家时间，给大家制造不快，谢谢。”

长脸婆连白眼都没翻出来，几乎是骂骂咧咧落荒逃走的。剩下的两个年轻些的眼镜女，讶异地站着，甚至不敢交换眼神。是她们的冷漠，让我从一开始就被电梯门夹住。

这些人都没太见过，楼里的住户也已经换得差不多。当年，曾经特别喜爱我的那个住在一楼的爷爷，去年也过世了。

我提上自己所有的菜和蛋，默默地离开。对于今天的表现，自己也感到别扭。仔细回想，长脸婆、眼镜女还有餐厅服务员看我的眼神都似如出一辙。

把一兜子菜塞进冰箱，却决定一样也不做了。拿出一桶方便面，回到自己屋里悄悄地冲泡。泡面还没展开，妮可的电话突然打进来。我看了一会儿屏幕，犹豫再三，过了五六声才接。

我身体很难受，体温依然不正常，嗓子、耳朵和眼睛上火成了一片。妮可此刻来电话，一定碎碎叨叨说的又是男人的事情。人人都是从自己的角度泄愤和称快，没人管他人死活。哪怕那个他人，就是所谓的好朋友。

这些年，妮可的男人从没断过，一茬一茬在谈恋爱，直到栽进稳重老公的温柔乡。过去，我们都有恋爱不顺的时候，曾乐此不疲分享心得。但如今，她真的以为我还愿意和她聊她的男人吗？

是不是真的因为看不得朋友幸福，我自问。也许更多的，是看不得自己不幸福。和妮可的这种友情，近两年几乎成为我的负担，有时甚至嫌恶。但我依旧要在电话中和她开些低级玩笑，像从前那样。

平心而论，妮可并没有多么出众。拼尽全力打扮，才可算姿色尚可，却有本事把男人像消费品一样折旧。每场恋爱之间，衔接紧密得都插不进牙签。

记得自己曾问她，你是不是都没有自己待过一天？我始终坚信，没有独自面对过自己孤独的人是没有机会看到真正的自我的。我想，看似风光的妮可，一定是在某种糊涂的惯性下一路恋爱结婚买衣服。

反观，我的确常常能面对自己的孤独，也自问看到了真正的自我。但是，恐怕已经活成了只剩自我了。

就是这个并没多出众的姐们儿，却左拥五指山万泉河一样的稳健老公，右抱一往情深的情人，还带着一揽子可以随时玩味的恋爱回忆。

女人的素质和归宿无法挂钩。我不断安慰自己。

这些年越来越认为，很多场面上机灵刻薄的女人，其实毫不自信，而且一折就断。倒是面相和气质都温吞吞的女人，拥有些真手腕儿。尤其在男人的问题上，在关起门过日子的问题上。

“我不明白你为什么要把自己纠结成这样。”

妮可把新欢旧爱的事说痛快了，我才见缝插针说了自己最近的情绪感冒，和孑然一身垂垂老矣的恐惧。妮可的反应全在意料之中。真是旱的旱涝的涝。

“你必须跳出这个小环境……三个小时飞机以外的日本，你知道有多少女生三十五岁前根本就不选择婚姻吗？”

“日本女的不都是守在门口给丈夫拿拖鞋吗？”

其实我知道妮可的意思，那组数据我也一早就看过。

周围的女朋友纷纷独自去幸福，大踏步的。每个看到我，都忍不住会劝一句享受单身，暗示我去过那种随性和晃晃悠悠的生活。

我深信这些都是善良的真朋友，包括妮可。但恐怕即便我晃悠成老尼姑，她们也不会发自内心为我着急。我就像某种让人心情平静的吉祥物，在她们生活最不重要的角落里。知道我一直都在、一直没变，便会心安。

如妮可这样的老牌女友里，到了今年，也只有一两个还长期保持联系，但已经十分索然寡味。曾几何时，我们都曾经真正心心相印过。也许是因为，那时谁也不高明，面对问题，谁都傻眼吧。

从今年开始，我开始告诉自己，所有所谓朋友，请不要向我兜售你们关于男人和家庭的抱怨。面对有婚姻的朋友，因为没有丈夫，我没有发言权；面对有孩子的朋友，因为不是母亲，我没有发言权。

即便我想忠言逆耳，一盆冷水泼给她们，冻住的也是我自己。那为什么还要听你们抱怨？那是你们不心甘情愿的生活，那是你们没有活清楚的日子。

很多假装脆弱和需要依靠的女人，其实心里都有很明确的谱。我常想，也许她们看人间看得比我还通透、还残酷。但是她们无法阻止自己装糊涂，这就像基因里的程序。这其中，就有我的那些女朋友，一定也包括妮可。

一周后，又来到那个台湾小厨，我精准地坐在了最少占用空间的两人座。仔细研读菜单后，我点了士林香肠、虾饺、蟹粉豆腐煲。一个平常的中午，就那样独自吃掉一百多块。热汤热饭的温存，让我觉得心情好了许多。

对我来说，这并不是什么所谓享受单身。我只是想，今后在每一个细节里照顾并遵从自己内心的偏好。这件事，只有我自己可以做给自己。

傍晚的归家路，菜站的灯泡晃眼。两个孩子依旧在各种蔬菜的围绕下做作业。一年来没太仔细看他们，哥哥和妹妹脸上都长出早熟坚韧的模样。

妮可的电话又响起来。我想，如果不想接就不接吧。

今后的人生里，如果可以，我依然期待可以有陪伴，但我不希望再需要任何人。

你只是个怕摔跟头的女人——(翠西)

我独自在小镇公路上奔跑，路过的河结了冰，路过的街道没人影。暴风雪后，一切都是干净。

商店和学校全部关闭了数天。现在，偶尔有年轻人带着狗迎面跑来，狗兴奋地跑在前面，主人在后面，一道晨练。

很少会意识到自己在另一个国家。似乎，一切都那么顺理成章。一年来，我像个单细胞生物般活着，只是按部就班照料着自己的生活起居，没什么旁的杂念。我不想获得，也不想炫耀。看看自己，只有一双跟脚的白色运动鞋，和穿上顿觉安全感的帽衫以及含绒运动裤。

每次去河对岸的超市买必需品，结账后，总会发现自己提不回去，无一例外。只好硬着头皮，提着两个大袋子，几步一歇地走，有时觉得自己像个傻子。依旧是没有车，依旧是公路上放眼望去唯一在行走的人。

回想两个月前的驾照考试没能通过，原因是在路口左转时没有完全停住。长相如同火鸡的考官愤恨地说，如果对面来个老太太，她已经被我轧死了。

我不清楚为什么这个火鸡一样的中年男人那么生气，面对的不是个亚洲小女生吗？或者，我已不是自己想象的亚洲小女生了。侧方位停车测验时，我更是果断一打轮，车屁股45°角撅上了草坪。火鸡用沉默来宣告我不及格。

我把正在播放的曲子掐掉，呻吟的歌手像突然断气般，哑了。

最近跑步时也没什么耐心再听歌，曾细心存下的五百首歌竟然全部听腻，没有一首能抓住注意力超过半分钟。尤其是一些女歌手娓娓道来的感情的歌——无论是装蒜地谈起旅行的意义，或是酝酿某种多么痛的领悟，都激起人特别的反感。

一年来，我不曾主动给瑞秋打过任何一通电话。我知道她总会打给我，因为她想说话和寂寞。想不到，如何她在熙来攘往的北京会寂寞，而我在亡灵般的小镇上竟从未意识到过自己落单。

瑞秋是那种让人温暖的姑娘，会牵挂别人，会动不动担心身边的男人女人。我们认识的年头已逾十多年，有时让人想起来难以置信。

直到最近，瑞秋说会来美国生孩子。听到消息，我的第一反应却是意外地排斥。说不清楚，是我不再关心她，还是从来就没关心过她。

在我眼里，她一直稀里糊涂地生活。越是长大，这种对她的看法愈加强烈。今后十年，我能看到，她会一天赛一天围着老公转，围着孩子转，挑剔他们的每一个细节。这样的一个我，只会是她的调剂，不到崴泥的时候，不会真的想到。

有时候问自己，那么我们这十几年算什么。曾经脑袋挨脑袋地天天待在一起，挤着双层臭公交车去淘衣服、侃男人。如今对彼此而言，却连解闷的肥皂剧都算不上。所谓女朋友，是不是这世界上最虚拟和虚伪的概念，从一开始便被男人和孩子架空。

也许对于我们这种独生女，每个人都想假装有姐妹。但是没有血缘关系的彼此嫁接，一扯就轻易断。一年来独自在外，我更加怀疑这些交情的意义。瑞秋，只是一门心思要当妈，关心早孕测试和做爱后是否要倒立。

“你也赶紧定下来生一个嘛。说不定咱们还能攀亲家呢。”

这是瑞秋最近给我电话中说的。她希望我们依然同步，依然可以互相壮胆，永远互相掩护走在自以为安全的地带。

但事实是，我们都不再是过去那两个人。男人，这些年的男人已经把我们纷纷改变了。我们被男人的手、男人的意志、男人的教训、男人的折磨、男人的许愿，改变得彻头彻尾。

无论是中国还是外国，我依然在独居。有时心甘情愿，有时惶惶惑惑，但试图面对自己真正的心之所属。但瑞秋，她知道她的心之所属吗。她的丈夫，和即将到来的孩子，是她上了弦的生活和话赶话的戏码。我记得，她向来只是那个害怕吃苦，害怕栽跟头，一心趋利避害的姑娘。我仿佛看到她正在缓缓戴起中年妇女的面具，藏到无数张雷同的脸后头。而她不知道，我一直站在原点等着她。

她不过是在过别人的人生。所以我不想再同她谈。

每天给自己做晚饭，是一天最快乐的时光。一切环节不需要复杂，一切口味靠自己的欲望和想象。重要的是，最多也只要刷两个碗和一口锅。

将火腿和西红柿切成小丁的时候，我彻底忘了自己在哪，甚或失去了任何情绪和有关时空的概念。最便宜的一种意大利细面在锅里沸腾开，小厨房里因排风系统欠佳而热气腾腾。听说，意大利面煮好的迹象是将面甩到对面墙上，如果待得住，便是妥了。

我挑起一根黄澄澄的面，用力“嗖”的一下甩出去，面“啪”的一下服帖地挂在白墙上，像个顺从的“S”。

那一刻我稳稳站着，感觉一下子出奇地好。觉得自己身轻如燕，像个百步穿杨的将军。这时，手机的信号音清脆地响起。

“娃终于有了，干妈你准备伺候月子吧。”

看到瑞秋的信息，我端着一大碗的面条儿，感到一股迅速蔓延开的压力。我突然有些厌烦这样的自己，有些厌烦这样的生活，有些厌烦不停向我汇报这些的瑞秋。

其实，早在半年前，我曾很想告诉她，每次做梦几乎总是会有她，十几岁玩儿在一起的样子，阳光灿烂，一起做些无意义的事，一下子就是大半天。

这样的话，以后是没有必要再提了。我更无法告诉她，那些不太清楚的梦，让我觉得那么快乐。

我们之间什么都不是——（茜）

她在里面上卫生间。而我，拿着她的包等在外头，像个傻了吧唧的男人。

这是印象里第一次等一个同性上厕所，有些殷勤地帮她拿东西。因为她是个老妇女了，对我而言，全无年龄优势可言。

然而，此刻拎着她的包，却依然觉得自己像个慈善对象，莫名其妙地自卑起来。

包的样子很简单，但做工和质量上乘得一塌糊涂，让人根本不用为动辄卡壳的拉锁或拙劣的外露商标捏把汗。就那样扔个手机、钱夹或口红在里面，随随便便一背，也是要万把块。这就是那种上了三十的女人理所应当挎的包。就和猫吃鱼一样，仿佛是世界上最天经地义的事情。

突然间，很后悔自己主动提议帮她拿包，里面不是有挂的地方吗？傻妞。

林赛从卫生间缓缓出来，一点不急，带着温存的笑模样，让人联想后宫戏中，皇后看着新晋嫔妃时那种慈爱得有点恐怖的笑容。

这已经是自己第二次和林赛在工作之外碰面吃饭。十年的年龄差距，让我心里怪异样的，时时刻刻觉得自己放不开，但却告诉自己需要这样一个年长的同性朋友。这让我觉得和她在一起的时间是值得的。

不知道林赛为何需要我。似乎女人到了一定年纪，就会突然对年轻同性感兴趣。除了人人尽知的那份不能排遣的浓浓恨意与恶意，老妇女其实无一例外喜欢看美女。

而自己，对年轻姑娘可丝毫不感兴趣，不关心她们。因为自己也是彻头彻尾的年轻姑娘吧。刚出校门的同龄人让我觉得蠢，她们似乎觉得自己会二十二岁一万年一般，就那样犯傻度日。无论如何，和林赛待在一起，总能侧面带给我一些明智，或证明并庆幸自己已有的某些明智。

“你今年多大？有二十二？”林赛眼皮不抬地轻轻发问。

“嗯，也该二十三了。”不知道这些数字对林赛意味着什么。

“你还有十二年。”

林赛像人生导师一样不容置疑，然后突然长叹一口气，说：“女人啊，过了三十五就真没戏唱了，你还有十二年，必须把握好，其实一晃就过去。”

三十五。我对林赛的话其实信服得不得了。虽然，我想活到三十岁已经够意思了。她今年应该有三十二，原来，她还给自己留了三年。

听闻林赛今年好像刚刚离掉婚。说实话，我真不知道她的人生有什么乐趣和希望。斜眼看她人，总会觉得谁的人生更多彩，谁的人生更黯淡。三十好几，离掉婚，虽说身段娇小美好，但相貌无甚出彩，林赛看上去活得无趣。我真不知她为何要拉上我，也许在我面前充当先知会带给她别样的自尊和成就感吧。

“你男朋友干吗的?”

林赛不停地用咖啡勺搅动咖啡，显得有点粗鄙。

“都还没有定下来，谈不上特别确定的关系”，我故意露出些羞涩。

虽然林赛已经要离职，但我绝不打算将有关自己生活的任何真实情况透露给她。

走进公司的第一天，我便给自己立下规矩：不和同事做所谓朋友。当然，女同事之间，上下级之间，有时需要必要的信息互换。她刻意告诉你她的老公，你刻意透露她你的男友，两人的某种默契便可以就此建立。但目前为止，林赛不是什么也没打算向我“兜售”吗？

“只喜欢喜欢自己的人。这是必须的。”

林赛突然一板一眼一字一顿地说，“我认识的好多人，刚分开，男人就开始为新的女生做牛做马，忙着为她拎包系鞋带，做的都是一样的事，而且更殷勤，只不过换了个女人……哪个不是一脸忠厚，乍一看都是好好先生……”

想必这是她自己的切肤之痛吧。或者，离婚也让她的人生态度更潇洒了，已经不在意别人怎样揣度她的生活了。

我自知没有任何必要插话，只是看着林赛继续言语恳切地说：“你还有很长的路要走。看男人呢，千万别看细节，什么细节制胜的言论都是瞎掰的。必须有全局意识。什么给你拎个包儿啊，系个鞋带儿啊，背上走几步路啊……都是瞎掰的，换个女人一样干得欢，关键是，看谁能拎一辈子，系一辈子，背一辈子。”

“不过，我在你这个年纪的时候也是只盯着这些没用的细节。”

几番陈词，似乎调动了林赛不少情绪。

除了要离职的“人生导师”林赛，公司里的女人都不喜欢我，更避免和我产生任何交集，我知道。但我也知道，老板看我的那双灰蓝色的眼睛里永远有赞许和暧昧。这不就行了。和老板站一起，总是不会错。

作为公司里最年轻的女人，自己每天出门前也免不了一番尽心尽力的打扮，但是一到单位，总还是一败涂地。简直拿这种女人扎堆的公司没办法。真不知好多女同事是否将全心全意都花在买衣服和搭配上。尤其是几个人力资源和行政部门的女的，衣服就从来没有重样过。从来没有。

这简直可称之为可怕。我于是悻悻地退出了这场竞赛。毕竟，我还有大把时间，等到她们的岁数，也许自己也会丧心病狂、有今朝没明天似的打扮吧。

我偷偷端详眼前的林赛，说不清对她什么感觉。她不是我的朋友。当然，也不是我的小姨或干妈那个意味。对于她，我似乎怀着一丝嫌恶，一丝兴趣，还有一种难以言说的恐惧。

她对我呢，一定连她自己也搞不清。那里也许包含着同性间居高临下的得意，尊卑间的控制，还有不可遏制的嫉妒。我相信在那么一瞬间，她也会近乎相信自己有点喜欢我这么个小姑娘。

林赛脸上的肤色已经有些不均，有点黄褐斑要冒头的意思。鱼尾纹像涟漪一样，只要一笑便会小面积泛起。眼袋和法令纹虽不算明显，但已经不可逆。在我面前，她显得越收放自如经验丰富，越会有种外强中干的脆弱。

但是不知为何，很多年纪大点的女人总让你不敢小觑。她们总能特别把自己当回事儿，而且特别把自己拥有的东西当回事儿——那东西可以是老公，可以是孩子，也可以是自己脸上那一亩三分地儿，腕子上的一块表，或一道奉若神明的营养食谱。

盲目自卑和恣意消耗的，都是那些二十二三岁。

我想，我们之间，注定什么也不是。但即便我忘了真朋友，也永远会想起有这么一号女人。

向你伸手的未必想帮你——(乔安)

聊天窗口在闪动，即便完全料到是谁，依然让我焦躁不安。唯一在工作时间会甩给我只言片语的，只会是佐伊。

佐伊是我因为工作缘故认识的女生，大概年龄相仿吧，但即便是对这一点，我也不完全肯定。

我与她认识不过一年，见面不到三次，但她总给我一些大家很熟的错觉。上班时间不断发来一些招笑的段子，或信手拈来地给我起个新昵称。这是她一贯的方式。

虽然，大家也在饭局上看似认真地聊过，自己却不知道佐伊具体多大、有没有男友、有没有丈夫、舍得在一件衣服上花多少钱、用的是不是真名牌、家住哪里，或者被男人甩掉过几次。有的，只是她一切的网上信息与联络方式。这就是三十岁女人能期待的新友情吧，聊得再欢，也没任何信任可盼。

我想，她或许很寂寞。往往在网上说话频密并刻意逗笑的人，现实生活中都有抑郁倾向。这是自己最近颇为得意的总结。

人人都希望给自己左拥右抱的假象，所以和根本不了解的人话赶话，制造一阵一阵的热闹，但是给谁看呢？佐伊这样的，对于我来说，更像个虚拟的女人，或是随时可以从生活中彻底蒸发的网友。

但她频繁地和我讲话。

“Ms. 乔，给你看我新买的小熊包包。你绝对喜欢，已经成为我的新宠了!”

“果真很靓。”

“是的呢，第一眼看到就果断收囊了。”

“小乔，你有没有好的港式茶餐厅可以推荐啊，最近好馋那一口儿。”

“你问我啊。我其实特别土鳖，没去过什么地方啊……”

我不想要这些不痛不痒的念白。两个女人端坐在北京两座相距不远的写字楼里，相互发着既无营养、也无关切的字眼。

但似乎除了和她有一搭无一搭地扯这些，自己也没有更有针对性的事业或人生。今天早些时候，隔壁办公室刚诞下双胞胎的同事，兴高采烈地来“串门”，竟将一条穿过的黑色毛裤袜给了我。嘴上长着一圈胡子的她热情开朗地说什么“哎呀，就在家试了一下，太小了，特别好的袜子，刚买的，你比较娇小，肯定合适!”接着，没容得我反应，便“流窜”到隔壁的隔壁桌，又和别人开聊起来。

不觉得随随便便给别人穿过的连裤袜是不太妥当的行为吗？难道

我很有淘换别人二手货的可悲气质吗？还有，既然自己的大腿已经快半米宽，为什么还要进行这么欠缺考虑的购买？……我的脑子里盘旋着一个又一个问句，但就是没有能耐把桌上的袜子抄起来，然后原路丢回给她。

连裤袜上扭曲向上的螺纹，挑衅着我的视觉和神经。一定是自己的某种原因，才使得这些女人与我如此随意，并乐此不疲。

外面的春风刮得邪乎，整个城市都像陷入了传说中黄袍怪的控制，飞沙走石，街巷昏暗。六点半，手机上一条未读信息也没有。依旧是没有。为什么，每次吵架都觉得是崩盘，都觉得他一定会和自己分手。我如此厌恶这样的感觉，这样的自己。

收拾好东西，我拖着好像只剩半个魂的躯体，在狂风里艰难地走到了就近的麦当劳。其实，越是快餐店这样极不正式的场合，越是不适合一个人前来。那种明亮和嘈杂，会让人觉得自己像被硬生生嵌进环境的一张突兀的皮影儿。

买好辣鸡腿堡套餐，又点了一盒鸡块，要了常吃的蒜蓉辣酱，再搭上三包番茄酱——这几乎是我固定的配给和吃法。找了个角落刚坐定，一队长得像三线城市城乡结合部的中国小姑娘，呼啦一下挤到我周围，仔细一听，却个个操着纯正的美式英语，里面还散落着两三个高壮的白人和黑人姑娘。

这群中国脸的姑娘们，猜测也许只有十四五岁，但身板和气质已经贴近二十四五。穿着全是混搭的国际范儿，大风天里粗壮的腿上只穿个打底裤，双肩背包无一例外邋遢地敞着口，里头各种数码产品的电线已经蔓延到外头。

我的周围瞬间坐满，带来一片喧哗。一个ABC胖妹用生涩的中文问另一个细眼高挑的ABC："这个商场中国话叫什么?"同时痴呆地瞪着一双典型的中国内双小眼睛。

高挑的那个，不无艰难地答："蓝色……刚弯(港湾)。"

"刚弯……是什么意思?"

胖妹问完，两人同时陷入困惑的寂静。

什么时候起，我身边开始被这些不相干的女人包围？佐伊、送我连裤袜的胡子女、还有隔壁叽叽喳喳的ABC。她们都喋喋不休地说话，动不动招我一下，却能让人别扭半天。还有那些女同事，中学同学，大学舍友……每个都会摆出一副关心你生活的样子，眼巴巴等着你把自己糟糕的消息告诉她们听。

我花了近三十年，才弄明白一个道理：向你伸出手的人，未必是真想帮你。

走出麦当劳，像自虐一般，我在冷风里长时间站着。直到心脏都开始抖，直到开始有点意识不到冷。此时，我竟然强烈地想她，那个从小学一年级便玩在一起的小伙伴。

五年级，我和黛比曾经一起计划骑车去天安门。我因为蹬得太慢而半路掉队。街巷里乱窜一阵却到处寻不到她。后来，两个人为此还大吵一架。我多希望，那些伸出手的人里有她，那我一定会一把上前紧紧握住。我只相信她会是真的。

当年，共同的目标是两人寻路骑到天安门。而现在，我们虽早没有了共同的目标，但自己依旧是半路掉了队。近几年，黛比和我渐行渐远。顺利嫁给有钱光头男后，她更是几乎不再与我联系。

然而，我找不到我的路，多想和她大吵一架，质问她为什么不带着我往前骑，为什么要一个人骑在前面。

你知道我男朋友不接我电话吗？你知道我多需要朋友吗？你知道我根本不快乐吗？眼睛里的压力，让泪水像要出来又进去，狂风又吹得人没了尊严。我掏出手机用冻红的手指拨通了熟悉的号码，信号音一下一下，不知道响了多少声。

“亲爱的，怎么着，你说。”

一下觉得自己像个傻子。黛比身处一个非常嘈杂的场所，像是酒吧或者餐厅，能清楚听到男人高声交谈的声音。

借口匆忙挂掉电话，我想，自己做得是对的吧。不该用自己一时的极端情绪再去打搅朋友的生活。终于明白，再不能像小时候那样随时美美吵上一架，然后再傻乐着和好。

早晨，打开聊天窗口，照例收到佐伊的喋喋不休：“你猜今天我遭遇谁了?”

我再没兴趣与她敷衍，突然对这一切极其厌烦。

“为什么总随便招惹我，你了解我吗，你真关心我吗，就因为你无聊所以拉上我打发你的时间?”

我飞速地打字，却无法让自己发出去。最终又迅速删掉。

联系人名单上，我真正想诉说的人，头像依然暗着。其实，这些年我根本无需使用这些聊天工具，但是为了黛比，我依然保留着它们。那是我们曾经无忧无虑叽叽喳喳的阵地。

这时，手机上突然收到黛比的信息。四个字，“最近好吗”。

我的心那么黯淡，不知道怎么把自己讲给她听，讲什么，怎么讲。

按掉手机，我打开黛比永远暗着的聊天窗口。她也许就在，也许不在，也许她永远不能读到我的这番留言。

那天给你打电话，你当时正给老公过生日。挂电话之后，我很想哭，觉得自己走投无路了。这几年，朋友的意义仿佛变得很小，也许中年又能走到一起吧。其实，也许是我矫情。知道咱们都各自安好就行了。生活不再有学校或者初入社会的烦恼等等这些交集，所以有时候宁愿给你敷衍和开心，真正的烦恼我自己背负就好了。

但是我相信，有些东西永远都在。那是无论时间还是你我，都甩不掉的交情。

翠 西

前一篇：猫起床的时间

凌晨三点半，我在平静中睁眼。一番呆滞后，意识到自己已经回来了。两个又笨又蠢的大旅行箱，一红一黑，背靠背歇在卧室的角落里。夜色中，箱子长方形的轮廓越来越清晰。

早知道这么快回来，就不带如此多行李，也许一个上飞机的小箱子就足够了。我马后炮似的自我总结。

街道上间或传来出租车驶过的声音，沉郁而顿挫的一声声，听上去像有人说“舒——服——”。和白天的车声相比，显得十分拖泥带水。

十多个小时的国际航班长途飞行后，我一沾上一年未谋面的熟悉床榻，就光速般陷入一种绵软无力的昏迷。旅途的劳顿，让人眼睛里和脑袋里似乎都塞满了咸涩干燥的海鱼片，嗓子里也飘着腥。

意识到又老了一年的父母，就安然睡在隔壁的隔壁房间，反而觉得一阵焦虑。一家三口守在一起的场景，不知怎的，总显得格外脆弱和可怜。装了我二十九年的三个人的家，一点一点萎缩在被破烂旧物侵占得日渐狭小的旧公寓里。

我断然起身，开始在屋子里行走，寻找猫。

猫在客厅的绿色粗布艺沙发上，安睡成烧鸡状。我亲了七八次她布满褐色条纹的小寸头，还有三角耳朵。猫头也没抬，睡得真死。

看到猫不被惊扰的睡眠，我才开始有点心安舒坦起来。于是，回房摊开箱子，突然很想看看那本随身带出国的、封面已经起皮的黑色柯达相册。那里头，有些幼年的照片，朋友的照片，父母的照片。

这时，门被很稚气笨拙地推开。猫闪身伫立在我面前，眯缝着眼，一脸天真并炫耀的表情。我说嘿你起来啦。她长久地与我对视，然后漠然白了我一眼，开始孜孜不倦地嗅两个大箱子。

这时候看表，是凌晨四点整。原来这是猫每天起床的时间。

长得像昴日星官的相亲男

九个月之前，我一点没有料想过今晚。

当时我办公室的对桌，坐着一个脸像鞋垫一样捋不直、脑袋烫得像佛祖般的四十岁女人。

当时的自己，无法与这里的人、绿植，甚或打印机和扫描仪相处。自知自己的短板——分明是不愿混日子，但又在繁复的人际打点上样样拎不清。于是，每天肠子里转着如何终结自己和这个国有机关的一切关联。

在紧锣密鼓操办辞职的间隙，自己不仅有一搭无一搭地准备着赴英国的考试，还被安排了数场相亲。

说实在的，我并不讨厌相亲这事。或者说，由于内心丝毫不认真，所以才生不出极端的嫌恶。对我而言，那不过就是一餐餐饭，点着烛光好吃好喝。所以，即便对面坐的是猫头鹰，我也吃得下去。

素未谋面的相亲对象男，据说是某财大气粗电视台的中坚员工，正当年。

见面头一晚，他便发短信殷勤地指引我在网上欣赏他闲来的水墨丹青。

构图里是夏天的池塘和大片蔓延的荷叶，角落里藏一个袒胸露背的胖和尚。技术不可不算不过关，但也仅限技术过关。介绍人话里话外暗示我撞了大运，好像要瞥见我和电视台男花好月圆的婚后小康生活。

次日，相亲男迎面款款而来。阳光很刺眼，我只注意到他的腰，西裤几乎提到了胃的位置，上面稳妥地系了一条皮带。像大部分这个年纪的中国男人一样，他没什么朝气和自信，打起招呼也不怎么磊落，让人联想到冰箱里放了一周的韭菜。我的心就凉了半截。

“那什么，咱们就别站在外头了，我订了位置。”

相亲男开口，但说每一个字都不在看我的眼睛。

我这才开始仔细打量他。鼻毛有些依稀可见，五官不可说不端正，但眼睛似乎有点不对劲，许是斜视，许是高度近视。略嫌尖嘴猴腮的样子，乍看去就是老版《西游记》电视剧里的昴日星官。

昴日星官订的地方，是个拙劣的西餐厅。布满方格子花纹的桌布上，还立着一支淡粉色假花。这样尴尬的情调，在这个城市中已不多见了。难得还能被他找到，我不禁叹息。打开菜单，尽是一些焗饭类的东西，而且越往后翻，越不对劲。在写着“Main Food”——所谓主食一栏的后面，还列着牙签肉、烧二冬和宫保鸡丁。

心里觉得烦，兀自点了啤酒，开始自斟自饮。

“我是不是压抑或限制你了，觉得你应该是个挺热情的姑娘，怎么不爱说话啊，呵呵。”

不知自己的表情有多么恐怖，昴日星官开始频频揩汗，然后才说出上面这一席令人作呕的开场白。

“呃……谈不上。我本身就话不多。”

“电视台工作怎么样，有趣吗？”面前的焗饭已经有些冷凝，我只好开始没话找话。

“嗨，我觉得单位就是个干拿钱的地方，其他时间和心思都该干自己的事儿，你说是不是这么个道理。”

“那你都干什么自己的事儿？”

“我啊，炒股啊，什么的。”

昴日星官突然像是有点亢奋，继续说道：“其实我早不想干电视了，但我们那儿福利还是很好的，各种发票全报，额度也高，像我这种每月额度就上万，根本不可能自己吃出来，所以咱俩可劲儿点啊，你别客气。那什么，每个月还发一堆洗发水什么的，都是顶级的劳保，我也用不上，就这点头发，家里没女士啊……”

也许他突然留意到我已经长久没有说话，才终于停了下来。

“那你以后，有什么长期的打算么？”我几乎是已经黑着脸问了一句。

“其实，跟你说实话，我就想找一个天天喝茶看报纸的地方，能有好多自己的时间，那才叫生活。”

说这话的时候，我在昴日星官的眼睛里看到了由衷的喜悦和释放。

我将剩啤酒一饮而尽，想，如果我将自己千方百计从一个天天喝茶看报纸的地方辞职的事，和盘托出给昴日星官，不知他会不会当场抽了羊痫风。

相亲也许真是一种自取其辱的形式，新女性对此应适度远离。作别昴日星官后，我索然地想着。我和他，就像森林里麋鹿相遇珍珠鸡，大家毫无交集，只会各自低头，寻旁路遁开。

那一别，昴日星官也没有再联系我。他的五官和他说的话，就像我做了一个遥远而滑稽的梦。

之后很久，我专心鼓捣各种考试的事，直到被介绍给森。

他在穿西装，而不是西装穿他

“一个社会文明的标致，就是不要歧视残疾人和艺术家。”

森调皮地打趣道，眼里全是闪烁其词，藏着数不清的讯息。

森说起话来非常简洁直接，但眼睛里总有闪烁其词的东西。不小心看了，便让人极容易为此心动。

见到他的一刻，我不禁好奇，这样的男人，为什么会有兴趣走相亲的过场。也许，是看上自己显得温良上进的履历和稳妥的家庭背景？

森年长我六岁，是一家建筑设计公司合伙人，开一辆绛红色讴歌，一切都算得上低调妥帖。五官端正，鼻梁很直。身材有些微壮，但绝不是胖。

不知为何，他见女人要西服革履。但是效果却不得不说被他驾驭得出奇地好——是他在穿西装，而不是西装穿他。后者，是大部分男人天天遭遇的悲剧。

初次的约会，被森安排在城东一家挺矫情的西餐厅里，整个餐厅据说由古佛寺改建。森一坐定，便有年长的外国工作人员过来搭讪，似乎大家很熟。

我点了青豆汤和橄榄油浸鳕鱼，想好了甜点要吃巧克力舒芙蕾。然后，开始仔细端详店内造型古怪的艺术品。

“你现在看的那件，是一个朋友做的。”

“哦……艺术家朋友。你也是艺术家吧？”我故意将声调抬高，开他的玩笑。

森目光直视着我，将脸凑近，说出他那番文明社会的搞笑理论。

“这家伙，前段时间做了一块破毯子，别提多难看，非送我一块，对外标价大概二十万，但实在太难看，只好垫在厕所。”

我开心地笑起来，自觉温婉可人。关于森的一切，似乎都充满分寸感和周到。整整一餐饭，森没有谈一句关乎自己的话。

不知是森闪烁其词的眼睛，还是因之和昴日星官的强烈对比，那晚，我和森回家了。

在那以后，办公桌对面的女人，将头发烫得更可悲，连佛祖都不甚像了。斜后方的人，新从商场拎回一双坡跟皮鞋，样子极尽蠢笨之能事，却欣欣然向办公室其余女人炫耀，引来啧啧围观。

想着辞职已经正式进入程序，自己即将彻底和这里的一切割裂，心里说不出的轻松和轻蔑。

我和森频繁约会，上床。但是，彼此并不捅破任何意义上的窗户纸，似乎还是两个独立自由的成年人。然而，森和有关他的一切，像一束突如其来诡异的光，照到我拼死挣扎的青春尾巴和依然压着发绿玻璃板的办公桌上，给了我更多挣脱“旧世界”的躁动。

英国学校的录取通知，就那样来得不合时宜。我如此不想离开森，但想想看，确是想离开近三十年毫无惊喜、行尸走肉的自己。

“我经常会去英国。我们可以英国见。”

这是森的第一反应，和所有反应。

距森说这样的话，到今天不过九个月。然而自己没想到，这九个月里，我会因为森两次去英国而不能专心完成课业。一个学年未结束，与森的越洋电话时时刻刻在勾魂，我便果断敛了行李，逃了回来。

临了三十岁，我突然只想任性，只想看到森在三号航站楼接我。

而这一接，出乎所有意料，我们竟在两周里闪电结婚。大红的结婚证上，他的身份证号压着我的身份证号。两个各自经历了几十年人生的人，自两寸照片上看去，不过是两个脑袋挨脑袋的小朋友，男左女右，一切终于看上去平等和简单。

婚后，我也开始在一家外国非政府组织上班。周遭的同事也从热衷买坡跟鞋的老妇女，变成了各路来自发达国家年龄相仿的人。类似拯救世界、拯救人类的议题，让我觉得自己的朝九晚五开始有点意义。

要孩子，是森近来愈加迫切的心思。我想，对于生活，自己无从说不满意。于是，便也开始身心上的积极准备。一切看上去都驶入了正轨。

温州皮鞋女和美国高管男

一眼望去，这宽敞公寓的房间一层套一层，空间感好似无限延伸。不知道哪里是隔断、哪里是边际，色调又像极了酒店。这算是城中人尽皆知的高档居住区之一。听闻此套公寓的月租金大概五万，是主人为了方便养孩子而租住。

这是我和森婚后第一次共同参加聚会，而聚会的议题是所谓 baby shower(迎婴派对)，为的是庆祝这个家庭第四个孩子的到来。女主人与森算旧相识。她的男人，是某美国企业驻华的一把手，头顶已经谢得亮堂堂。

和森在住宅区里拖着手绕来绕去，找不到标号6座的楼。这个时间，似乎是小区里“遛小孩”、“遛狗”以及遛所有该遛东西的时段。花园里时不时蹿出来中国阿姨，推着金发碧眼的孩子。我听得一个阿姨，用安徽口音埋怨推车里的孩子。小男孩看上去四五岁，一双深邃的大眼睛已堪称平和世故，懒洋洋地坐在推车里，一头金色卷毛，像个年幼的希腊神话中的神。

“你吃不吃，吃不吃，给你你又不吃?!”安徽阿姨有些气急败坏地重复着这一句。

孩子却气定神闲，将手里的吃食递回给她，然后宛如中国大叔那般神情，嫌弃地说了一句：“拿走，太甜。”

我和森都笑了。森上前试图逗弄这个推车里的小男孩，可孩子毫无反应。只是定定地看着我们。那种可爱和完美显得有点无情。

于是我们集中精力寻找6座，才发现，6座就是我俩一开头错过的楼。门铃响过，女主人见我和森到来，老远就夸张地张开双臂，然后紧紧抱了一下森，尖声说：“哎呀你来了！”

顾不上我反应过来，女主人便一副秘而不宣的表情，瞟了眼我，对森道：“哎呀，什么时候的事！你动作够快的啊！”

我看着眼前的女人，她大概是三十八岁左右的样子。发型介于波波头和大姐头之间，并没有很好地打理。轮廓很平的脸上不施脂粉，秃秃的眼睫毛和黯淡的眼皮很扎眼，发黄的皮肤上干干净净，没皱纹，没油水，没光亮。身上是一件剪裁简单的米色连衣裙，和皮肤几乎黄成了一片，胸部和臀部都比它们该待的地方靠下许多，唯有脚上的亮片高跟凉拖给整体提了提色。

这几乎可说是所有与洋人拍拖的中国女人典型的气质打扮。讲起话来和待人接物，更是具有清一色的特质——又愣、又冲。

只见她和各种来人用英语不停重复说着“good to see you(很高兴见到你)”，“oh，thanks for coming(噢，谢谢你能来)”。

森小声在我耳边讲，她家以前是温州做皮鞋的。

屋里头的人越聚越多，中国人、外国人，男人、女人开始两两捉对儿，唯恐落单地攀谈交际。皮鞋女也终于开始消停了下来，回到房间给孩子喂奶，身后紧张地跟着两个中国阿姨，脸上都显得十分感恩和规矩。

待皮鞋女再出现的时候，她的老公立刻凑上前去，给了妻子嘴对嘴旁若无人的深情一吻。皮鞋女依旧是一张表情欠缺的脸。

男人搂着她肩膀的手，上面金色的婚戒在闪，而男人的眼睛间或瞟向不远处一个乳沟夸张的金发女人。两个年纪大一点的褐色头发男孩，是早年诞生在这个家庭里的，脸上有种混血失败案例的尴尬长相，派对全程像疯子一样在屋里来回穿梭。

森在不远处和一个女画家聊得起劲。那张侧脸，竟呈现出让我感到陌生的线条，动辄还发出十分男性化的爽朗笑声。女画家大概近五十岁了，一身漆黑，皮裤上接连不断的镂空设计一直延续到大腿根部。从后面看，像只肥胖而多节的昆虫。我只知女人是当下最炙手可热的女艺术家，却不曾看过、也想象不出她的作品会是什么模样。

听不清说话，只听得女画家亢奋地重复："这个非常的 sophisticated(复杂精妙)，非常的 sophisticated。"

自己与人聊不起来，便坐在沙发上吃虾卷。

突然，意识到旁边坐着个年轻的外国男人，也是落单。于是我开始没话找话，可男人显然对此完全没半点心思，目光紧盯着一个欲到近旁休息的中国姑娘。姑娘脸上是典型的名媛的表情，假睫毛向上翻得几乎要勾到眉毛。一副隐形眼镜让眼球死黑死黑。

"第一次来啊?"

姑娘刚坐定，男人便忙不迭凑话，听得出中文也是他的母语。男人看上去最多二十二岁，而中国姑娘少说也要二十五六了。

从二人的对话中，方才听出年轻男人是男主人与前妻所生，所以这派对算是给他弟弟办的 baby shower。而那中国姑娘，似乎是拥有一家平地而起的自己的公司。

“那，他们都习惯叫你梁总么?”

前妻儿子追问，显然已经被女生迷住。

“其实叫什么都无所谓啦，关键是你怎么 position(定位)你自己，是吧。”

“鞋很漂亮啊。”

前妻儿子由衷地赞美着美女 CEO 脚上的鞋。一双褐色亚光的裸靴，鞋跟是透明的荧光绿，看上去像廉价的绿塑料。

“谢谢。最近有点喜欢 Marc by Marc Jacobs 的东西，只能随便穿穿喽。”

两个小时过去，所有的人都不约而同沾了酒精，男人女人说话和调笑的声音都显得愈加尖利失控。

我看着眼前男主人和前妻所生的大儿子，跑来跑去的二儿子、三儿子，以及襁褓中睡着的四闺女，不禁去想，农村人也许是因为避孕失败和一些理念失策，所以无奈地生下一窝一窝，而眼前这些人，则是因为各式各样的所谓成功，所以骄傲地生下一窝一窝。

如今这座城，似乎让中外的许多事情在新的层面上接了轨，今后也许会有更多中国人云淡风轻地参加前妻的婚礼，更多的外国人开始管与自己年龄相仿的人叫岳父吧。

离开聚会，觉得眼睛发胀，上眼线已经懈怠地晕到下眼角。我疲倦地歪在副驾驶座位上，森的车子在车流里往前一点点蹭，不知不觉竟堵在了昴日星官工作的电视台门口。

天色晚了，大门口清清静静，白天惯常的上访场面不复可寻。路灯下，只清楚看见一对年轻的外地夫妇，在距离警卫岗哨不远处，瘫坐在马路牙子上，抱头痛哭。女人膝头是个裹得很严实的婴儿。类似就医凭证的东西散落一地。

一瞬间，自问见过各种状态下的夫妻，却从没见过夫妻这样抱头痛哭。那种绝望，让人心中发闷，想拉开车门跑上前去做些什么。然而，森的车就动了。在那以后，一路畅通地开回了家。

夜晚，手机上闪着不认识的电话，从号码判断，像是快递或者疏通下水道之类的。我不耐烦地接起，对方是一个男声，非常滑稽的口音。

“我想找翠西小姐，你是、你是她吗?”

我不假思索地认为是快递，很是不耐烦地说：“送货的吧，货已经收了啊!”

“我是，刚才我们见过的……我是……”

方才明白，此君是某欧洲驻华大使馆三等秘书，刚刚在派对上短暂闲聊过，也交换了名片。聚会上他眼神飘忽，过紧的衬衫严丝合缝地裹在身上，领口处露出一丛胸毛。

“你的印象对我很深，我们可不可以这周一起喝一杯。”三秘用支离破碎的中文继续努力。

我松爽地建议下周找个时间喝咖啡。想他自会明白，这种时候建议咖啡，等同婉拒。

悻悻挂上电话，然后迅速把手机放到抽屉里，像忙不迭抖掉身上一块污浊的东西。脑子里不住回荡着挂电话前一刻，那三秘一直不断重复的话：“你对我印象很深。”

开宝马 M6 的女助理

当初曾一起游学英国的女生，放假归来，主动约见在建国门外一家从未去过的台湾餐厅。正是午饭时间，店内简直鼎沸，且用餐的男人比例很高。

女生足足小我四岁，方脸盘子，架着一副眼镜，但穿着打扮并不马虎。耳环、项链、时装表、手链一应俱全，手脚指甲全部是亮亮的蓝色。

有一搭无一搭，两人话不投机，更需要满脸堆笑，满口关切。一小时下来，发现只是让她打听了一遍就业形势，从媒体到非政府组织，以及我潜在的社会关系。

我向来佩服这样的人。他们看似总能心无旁骛、目不斜视地去攫取自己想要的人和东西。不知道尴尬，也无所谓尴尬。

进行到一小时半，眼镜女接了电话，说是有急事匆匆离开。临走时，表示要结账，却不太执意，也没有掏出钱夹的举动。见我说自己还要独自留一会儿，她便道了五六遍“不好意思”，走掉了。

送走眼镜女，我百无聊赖嘬着已经冷掉的奶茶，盘算着结账离开。正在这时，见服务小妹殷勤地将一男一女往深处引。女人穿一件宝蓝色连衣裙，一张脸精明标致，并且非常之年轻。鞋跟很细，齐肩的头发，齐刷刷，优雅服帖地微微内扣。一边走着，她用手亲昵地拍了下男人的背，不知说着些什么。那只手腕上有精致的手链，也是细细的一条。那男人，是森。

其实第一眼，自己便看到森，我的丈夫。但是有那么三十秒，我只屏住呼吸地呆坐，觉得他和连衣裙女简直是一对璧人，那样高端。

原来，八点档电视剧不全是瞎拍。

人生中第一次，我感到如此紧张，脑门和眼皮好像都在跳。迅速结了账，我噔噔噔径直向纵深走，像一阵尴尬的冷空气，最终停留在森和连衣裙女的桌前。

森背对我，连衣裙女错愕地瞧着我，一脸写字楼的商务和无情。

“你也在这啊。”

我觉得自己有理由把每个字都说得理直气壮。

“哎!”

森转过来，只是狠狠惊叹了一声。除此之外，什么都没有。

接下来，这奇怪的三角形，哪个角都没出声。连衣裙女一直一脸商业微笑，森则是一脸稀松平常。似乎他们倒在怪我为何不说点什么，为何傻站着。

“行，那你吃着，我吃完了，先走。”

我强撑下最后一点文明社会的礼貌。最终，竟然是自己走得灰溜溜。

出了餐厅，没有回家，而是顶着很毒的日头，在建国门外瞎逛，巨大的交通枢纽呈现令人难以承受的错综，于是又折返回餐厅附近。心里反复想着，不能就这么算了。并且，对自己方才的临阵发挥感到深深失望——管她对面的女人是谁，自己完全可以一屁股不由分说坐在森的腿上，再给她个悠长挑衅的眼风什么的。又或者，大可以嗲声嗲气说一句“老公我们晚上老地方见呦”之类的……

白白在餐厅附近徘徊良久，突然，见从广场地下车库的出口处，猛地冒出一辆银灰色宝马 M6 轿跑车，车身像个被踩瘪的球鞋。而连衣裙女戴着白色腿的墨镜，独自在宝马车里，两臂向前伸得很直，搭在方向盘上，显得无限慵懒。

我见她的嘴一直微微努着，然后，目不斜视地、从我面前绝尘而去。

到厕所去吐

下午四点，森便回来了。衣服没换，森便拿出把指甲钳，开始修剪指甲。

我觉得自己准备好了，便拉过一把椅子坐到对面，问：“中午那女的是谁啊，你怎么也不介绍，也不介绍我。”

“哦，那什么，我们谈工作。”

“那也该介绍。”

“她是项目助理。怎么了。”

“助理开宝马 M6?”自己的音调越来越失控。

沉默半晌，森非常不屑一顾地放下指甲钳，半晌，冷酷地说：“我警告你，你有点无聊啊。”最后三个字被说得很重，拖得很长。

“你今天必须说清楚，为什么就不能心平气和地和我说她是谁，和她说我是谁?”

忽然“啪”的一声，我吓了一激灵。是森将指甲钳猛地扔到一边。然后，未待我反应过来，森已经直接拉开门，就那样离开了家。正好，他本也没来得及换家居服。

我坐在原地，说不出是愕然还是委屈。直到该开灯的时候，发现窗外已经被我坐黑。

起身，从柜子里取出一瓶身子很憨的红酒。都是森的存货，却也从不见他喝。

像喝燕京纯生那样，我一小口一小口，对着嘴喝，直到喝得嗓子发酸，嘴唇发黑。

我一点也不了解自己的丈夫，不熟悉这个婚姻带来的新环境，却要把哭和笑与这个一年前还是陌路旁人的男人捆绑在一起。谈分开，谈何容易。想分开时，又不想分开。

入夜，我半死不活地躺在床上，一瓶酒已经见底。半小时前开始袭来的阵阵恶心，一波比一波强烈，我几乎是瞬间开始后悔自己为何喝酒，好不狼狈，自作自受。门一声闷响，森回了家。

翻江倒海的胃，让我觉得那样脆弱，我抓住走到床边的森的一只手臂。在黑暗里，我只是一个劲地哭，如同想唤起父母注意的儿童。

“你喝了多少！”森没有一丝好气。

“我想吐，难受。”

我已经是在求助，意识完全清醒，心里早已经后悔死自己喝成这样。

森一把把我从床上薅下来，用毋庸置疑的力气将我往厕所拖拽。

一路上，被强行窝着的胃让我难受得几欲死去。几次想说话让他停下，都难受得说不出来，只剩下哼唧。

“到厕所去吐。”森一直重复这句，已听不出是关切还是嫌恶。

我跪倒在马桶边，披头散发，像个难民，哇哇地涌吐。窘迫失态至极，什么都顾不上。

女人宝蓝色的连衣裙在眼前晃，宝马 M6 上反射的刺眼阳光也在眼前晃。

不洁的呕吐物，终于，星星点点飞溅到那块所谓标价二十万的地毯上。

牛津毕业的大屁股和研究生毕业的小女仔

“你怎么能直接给首代(首席代表)写邮件?”

单位里一个屁股很大的英国男人，此时正像一扇肉一样堵在我眼前，来势汹汹。

大屁股自恃牛津毕业，天天穿着各种颜色扎眼的条纹或格子袜，在单位里目中无人，尤其是在所有中国员工面前。

“对不起，所有宣传事宜我需要直接联系首代，这是我的工作。所有的采访也是要采访他，不是你。”

我尽量语气和缓，但绝不打算示弱。

大屁股负责为机构撰写所有对外官方稿件，包括给首代写谈话参考，算是个幕后写手。可自打我一来单位，他便认为我是他的马仔，并用一切机会骑到我头上。

其实，他的屁股虽然是我的两倍大，却还要比我小两岁。

“简直荒唐。”

用鼻孔说完这句“frankly ridiculous”之后，大屁股又接着用傲慢的英音滔滔不绝，没结没完地讲下去，句句刺耳嘲讽。在我刚想说理反击的当儿，大屁股忽然从自己座位上揪起西装外套，准备扬长而去了。我快步赶上，无奈大屁股已经进了电梯。

“据我所知，你来自一个崇尚绅士文化的国度，我觉得你应该容女士把话讲完……”

我“讲完”两个字还没完全冒出来，写字楼冰冷的银色电梯门已经缓缓将大屁股合在里头，只留下我，原地瞥见一眼他“这纯属无稽之谈”的表情。

牛津毕业。什么牛津毕业，八成是在牛津门口摆过摊儿吧，我恨恨地想。凭什么和外国名校沾一点边的，就能见天在人前挂一副头等舱的表情。

男男女女，为了满足自己的好为人师，便占用他人的生命喋喋不休。这几乎是全球如此。原来，在这个外国组织打工数月，才发觉也并不轻松。

办公室新招进来一个刚刚研究生毕业的小女仔，本科据说是某河南外语院校，研究生在北京“镀的金”。姑娘不过二十三四岁的光景，做着助理的职位，却在各项业务上自信得一塌糊涂。有时，表现得俨然我的领导。楼道里遇到我这样的前辈，连一丝笑容和招呼都没有，眼睛望到天上，让人想将她拖到一边教训一顿。

窄小办公室里的人头数来数去也不过一打，那些无缘无故把自己当回事的人，往往最终就真成了一回事。

小女仔坐在总经理秘书的位子上，动不动群发邮件，抄送上六七位。几次，甚至把工作一项一项罗列出来，指名道姓地分配给我。这会儿，小女仔竟然又发了封邮件，列出几个鸡毛蒜皮的事情，说想和我本周开个短会讨论。

讨论你个头。小崽子，什么时候轮到她约我开会了？……我觉得脑门上青筋直跳，火“腾”的一下蹿上来。

大屁股之流日日给人撮火，自己也不能做到在第一时间反击外界欺压。我清楚地知道，大屁股利用和其他外国同事打壁球的时间，在背地里没少损我，说我是个 bitch(婊子)。

经过一番观察，不难发觉这里所有的外籍员工都带着极大的优越感。顶头上司是两个美国女人，说白了就是老公来中国工作长驻的随行家属，所谓干事业根本就是瞎掰，举手投足却总是劲劲地拽，混日子之余，永远在谈论为自己孩子举行的生日派对、家中中国阿姨的笑料，以及与丈夫和七大姑八大姨近期在加那利群岛的度假……

中国员工呢，例如小女仔之流，和外国人说话都是一副试探的甜美态。于是在外国人眼里，必定个个是厚德载物的老实家伙。这多么好。尤其是女人，在男人眼里，只要撒娇，只要甜美，总能获得接纳或大赦。

但我已经三十岁，我不愿再仰着脸对你们甜美。无论是森，还是大屁股。

大屁股打壁球归来，我长久地盯着他铿锵扭动的臃肿肥大的屁股。突然觉得，他和他的同僚们在这里过得好不滋润。相比本地人，他们永远熟知更多、更炫的城中好去处，领着高薪水，享受着低消费，泡着酒吧，健着身，孩子上着国际学校……那些高级健身房也简直是给他们盖的。中国人呢，似乎就是回家吃几个韭菜馅饺子然后躺倒，闻闻有毒的空气，专注地过着多么乏味和规矩的人生。

昨晚的宿醉感，完全没有消，给肠胃和肩颈都留下一种滑稽的感觉。那宝蓝色的连衣裙、森地毯上光怪陆离的花色、大屁股没出过好气的鼻孔，像某种背景图案一般，在脑子里织在一起。

我的整个世界显得充满恶意，那样令人恐惧的恶意。

你不是一个善良的人

和森的关系，两周来变得越来越不咸不淡。两人像合租一所大房子的室友，轮流像住旅店一样，出现或消失在空旷的家里。我们也没再谈孩子。

那次强烈的呕吐在胃中留下深深的空落感，仿佛绵延到我对森的感觉上。关于他的一切，变得无从把握，也不能信任。

又逢一个独自在家的周六。一口气，自己将八十多集的港剧看到三十集。故事讲着嫁给有钱人的姐妹如何纠结度日，几乎每一集都是在高档餐厅推杯换盏，开着跑车在海边看日落。男人个个会单膝跪地，奉上大颗的钻戒和无限妥帖。

森打高尔夫忘记了带手机，手机在玄关上刺耳振动。我完全没有去接的意思。本来，代老公接电话本身就是件性质敏感的事。但是，那个声音是那样坚持，几乎一直响到信号音停止。

无奈，从沙发上把瘫坐的自己拔起来，然后非常不情愿地接起了电话，说了一声喂。

号码属于一个叫“乔安”的名字，而电话另一端是一片寂静。在自己那一声喂之后，我清楚知道对方就在那里。大概三秒半的沉默后，电话被滴的一声挂断。

直觉告诉自己，那三秒半来自一种女性的沉默。有种不言自明的性别荷尔蒙，通过电话，刺激着我的神经。

我心跳加速地用自己的电话，甚至家里的电话先后再拨过去。次次都让信号音响得坚持，但对方一次也没有接。森的电话加了密码，我干瞪眼看着那一掌见方的机器，就像看着一架充满未知的精密仪器。

港剧中的姐妹已经反目成仇。高档宴会的桥段里，男人们全部是一身单调简单的黑色，女人则是五颜六色的，个个花枝招展，费尽心思让皮肤和肢体的不同部位裸露在外头。

突然觉得那样焦躁，这城中似乎处处都是漂亮女人，在每个角落袒胸露乳。

电视里着急相亲的二十一岁女大学生、一把挽住美国老男人并迅速诞下双胞胎的温州皮鞋女、开着银色宝马 M6 的项目助理，还有，打来电话却不出声的叫乔安的女人……宝蓝色的连衣裙仿佛无处不在，她们每个都精明，受过良好的教育，对于男人和前途充满企图和手腕。

这个城市里，大家好像随随便便就可以搭上彼此，女人像水蛭一样迅速贴到目标身上，只争朝夕地吸取精血。

在外人看来，森的事业一点不寒碜。对于想要的一切，也能花几个钱。我禁不住自问，在那些女人眼里，他算是有钱人吗？森会是她们的某种目标吗？

一下子，我竟然不确定森究竟和多少女人有关系。而那个在家中一集一集看港剧、因为一点事情而喝得烂醉哭泣的我，究竟对他来说，是个什么？

“乔安打来电话，一直不说话。”

面对刚进家门的森，我似乎无法不去说出这样恐怖的念白。

森像看一只蟑螂一样看着我，眼神充满怨怼和厌恶。

“我很累。手机呢，给我。”森面无表情，气氛剑拔弩张。

多么无奈，又是一番丈夫刚进门就制造的不快。

“你究竟有多少女朋友？”自己无力经营，干脆问得破罐破摔。

“你……”

此刻，森仿佛用最大的克制压抑住发飙，过了许久才掷地有声地说：“我需要在外面混，需要有我自己的圈子，你懂不懂。”

森径直进了卧室，企图关上房门。我一个箭步冲过去，再也咽不下这口气。

“你究竟看上我什么？为什么要娶我？因为我有北京户口？因为我自己车房无忧，不用你操心？还是我愿意给你生养孩子？是不是在所有缠着你的女人里，选我算是最好的deal(交易)？”

“我再说一遍。我现在不想和你讲话。”

森用极端蔑视的语气回应道。一瞬间，那神态竟像极了气急败坏的大屁股。

森的样子，在我眼中突然变得那么丑陋。不管不顾的，我冲着他喊：“你虚伪，你不诚恳，你懦弱，你不是一个善良的人！”

“滚蛋！”

森的声音震耳欲聋。他瞪圆了眼睛，一张脸已经扭曲。

盛怒中，又是“啪”的一声。而这一次，是我的巴掌打在了森的脸上。原来打人的手掌，可以这么火辣辣地疼。

惊惧中，我迅速地往后退。然而，森已经迅猛地抄起卧室角落一只空箱子，那是一只可以随身携带上飞机的新秀丽(Samsonite)。那是结婚前我自己带来的嫁妆。未等反应过来，森已经将箱子扔向我的脸。

一瞬间，脑袋上发出很钝的一声，却并不怎么痛。然而，就有凉凉的东西溢出来。鲜血顺着破裂的眉骨，一路流到眼角。

民政局里，办理结婚手续和离婚手续的桌子紧紧相连，坐着两个并排的办事员，一边结，一边离。

向来不介意人生是悲剧、喜剧，但这一切，怎么可以是闹剧。

在紧旁边，急着登记结婚的一对小年轻紧紧连体。女生的脑袋，几乎一直塞在男生怀里。这又让我想起了水蛭。

环顾四周，所有男男女女都拿着户口本，那本土兮兮的、赭石色的本子。任凭你自认多么洋气高端的人，此时，都需要这土兮兮的一本。它总能在人生的关键时刻出场，上面列着那许多不想让人看到的内容。

我和森并排坐着。我无法看他，也不曾看他。生平第一次眼泪流得扑簌簌，但内心告诉自己一切都可以完结得很轻易。我能做到。

离婚这一队的办事员，是个戴上头套便可以直接化身中年妇女的大叔。

“呦喂。你们这个，自己瞅瞅。先去把户口本上改成‘已婚’，再来离。”大叔好不悠然地说。

低头一看，户口本上的状态栏里，确实还是“未婚”。两个字小得像虱子。而结婚的时候，为什么从来没有人提醒这些。在一切数字化的今天，这一栏却还需手动更改。

晚上，森竟然打来电话。一瞬间，我吓得不知该不该接起。

“我们，是不是可以再谈谈。”森的声音，听上去非常轻巧，心情好像一点也不坏。

看着镜中自己眉骨上的纱布，瞬间所有摇摆的情绪都平息了。心情坚定起来。

“你少给我来这一套。”

淡然说出这句以后，自己都为自己的冷静感到震动。森气急败坏，接连骂了许多许多。

末了，他用一种我闻所未闻的市侩声音说：“我一分钱也不会给你！”

内心震动。

“我不要你的钱。”这句说出，已经泪流满面。

我是那么恨自己。因着虚荣和需索，一再轻易被浮夸的男人征服，让自己过担惊受怕的日子。一定有着别的路，但它们已被这个城市各种迅疾的色彩淹没。我只有无路可走。

你是一切关系的第三者

离掉婚后的那个周六，我回到爸妈身边。

爸妈的小房子显得非常拥挤，用年轻人的眼光看，到处是毫无品位的设计。杂物和破烂儿堆放得几乎要将人埋起来。连喝剩的酸奶盒俩人都要认认真真攒起来。

爸妈的冰箱里，永远塞满很多东西。早点、蔬菜、熟食、鸡蛋……每一样都很廉价，却丰富，搞得每每冰箱门都快关不上。原来，怕对方饿着的感情，才是生活。

吃午饭的时候，妈在唠叨，爸的眼光就一直追着她看。妈不在的时候，爸就显得无措。我的眼泪就又夺眶而出。

吃罢饭，我拿起电话，写了一条长长的信息，给了森。

我相信你不会让我失望，但是你每次都让我失望。我们无法承受这里，无法承受身边的人，无法承受自己的混乱，无法承受来日苦多的生活。夫唱妇随、天天向上的人生，永远遥不可及。每天早晨拖着亚健康的病体，看着污染的太阳和污秽的行人，你作何感想。你看见那些逃开的人，你也看见那些留下的人。你是否有目标、有原则、有未来。我们是否对人对己都该更加慈悲一些，珍重自己和身边的东西，不要理所当然认为一切恒常，大呼小叫地谩骂或寻死……

一切不知所言，心绪却头一遭出奇地明晰。撂下电话，这三十年的人生都在眼前。

我也曾经有过二十出头亮晶晶的人生，那时仰望这座城市的夜空，那些华美灿烂的人生榜样像烟花一样此起彼伏地绽放，心里不以为然，自信有朝一日也会绚烂。然而想不到，最终自己只不过是半根残破的火柴，奋力地刚擦了一点亮儿，就灭了。

突然间，我那样迫切地想念自己年幼时的小姐妹，叫佐伊的姑娘。不知道在这地球上哪个地方，今年，她也该三十。

那家伙打小就敦厚耿直，爱傻乐，眼皮双得像印度人，忽闪起来，样子也女性化得唬人。不过只有我知道她是铜板手。小学我第一次向她介绍自己，就无故起了争端，她还给了我后脑勺一巴掌，拍得我脑仁儿疼。后来，她赠送给我已然长出后腿的蝌蚪，并在那年夏天用滋水枪把我滋哭。我一直挺离不开她，也许因为她在很多问题上很服我。但具体在哪些问题上，我也说不上来。

那时的这里，充满了蹬自行车的人。处处是大片浓郁的树荫，有时简直静谧得让人发困。

那时，一条上下学的白颐路还没被改叫“中关村大街”，也没有人听过所谓“中国的硅谷”。这里的人们还不懂得克隆外国的新鲜。生活，就在此处。

我们从十几寸的电视机里看动画片，从绿色的雪花牌冰箱里拿冰棍，夏天的放肆蝉鸣此起彼伏，旧凉席看去让人心安，觉得时间缓慢，自己前程远大。

而此时的这里，人们谈论婊子。而她自己，也仿佛变异成一个无情无义、冷酷妖冶的婊子。人们争相与她猎食猎艳，又美美地，被她蹂躏剥夺。

她索取你的一切。她让你终生焦虑。

后一篇：三号航站楼

司机问我："您去二号还是三号?"一边撇着深紫色的咸鱼嘴，很泰然。

出租车厢里弥漫着二道烟，还有中年男人身上徐徐的腐臭。

"谢谢，三号航站楼。"我说。

我想着后备箱里很单薄的一件行李——一个 55×40 随身上飞机的小小的新秀丽纯黑色皮箱。森曾将它抛向我的脑袋。

里面只收了些必要的防寒衣裤，而三保暖秋裤居多。我想，那也许是自己唯一想永远保留的中国式。那箱子里头，甚至没有猫的照片，没有一张任何人的照片。

想着将来，自己或将在那片遥远的土地上，像蝼蚁一样静默生存，会在人烟稀少的小镇上慢跑，空气和肺叶都洁净一些，再也没有矛盾，没有挣扎，也没有热血亦没有理想地活着。我将闲适地遁入迟缓和衰老，干干净净地，调慢自己的钟。

我突然第一次想念，幼年时常常在破旧火车头和地铁上看到的那两个字：北京。

每次看到这个相同的字迹，都会令人浑身起鸡皮疙瘩。它们很遒劲，充满那样令人踏实的辉煌与骄傲。

此时，身后的城市仿佛一只巨大的灰色怪鸟，朝着我的方向，振翅欲飞。

作 者

北京女

我是个北京女。

这个城市有很多女人，更有等量的纠缠、挣扎和痛苦。女人们总操心。然而，再没有比今天的北京更适合让一个女人操碎心的地方了。而北京更是一些全国性问题的缩影。

这是一个姑娘们普遍遭遇新困难、却无法用旧方法获救的时代。

世上的女人可分成两种，有头发帘儿的，没头发帘儿的。这样的分界虽然简单无聊，但的确存在着。然儿，每个姑娘在由引人遐想的女郎向满脸横肉的老妇女跨越的道路上，真的也有某种里程碑似的分界吗？

男人们向来苦大仇深。几乎没有几个男士不时刻认为“我很辛苦”，“我是中流砥柱”。对于一个男人来说，他总会在成长道路或早或晚的岁月里，遇到一个语重心长按着他肩膀的人，言之凿凿地说一些“从今天起，你就是个真正的男人了，是个男子汉了，要肩负起责任，有泪不轻弹”之类的。

但是，人们不会捏着一个小女孩的肩膀说“从今天起你是个女人了，你该……”

你该，你该怎样呢？一切声音似乎戛然而止。即便社会已经如今天般险恶，即便在北京这样的大城市中，女人已明显遭受超越男人的沉重责任、生活烂摊子和艰难权衡，那些重要的说辞甚或警告，却依旧被隐去。似乎，女人们只需要几个娓娓道来的知心大姐，写几句面对男人的欲擒故纵和面对失败的自欺欺人。

当爸妈们把自已八岁的女儿打扮成穿金戴银的小公主，当二十一岁的女大学生无限娇媚地靠向看似牢靠的肩膀，谁都没过脑子想，在这样一个时代、在这样一座城市做女人，其实，会是一种怎样的困难。

于是，这只能靠每个人自己去琢磨。但明白了也已经晚了。

对于姑娘们来说，这并不容易。我们每个人，只能自己独自在一个个感情与现实的钉子前面，孤独地碰，一再地碰，然后默默地收拾情绪、组装自己，再由原地长出更成熟、坚韧并衰老的脸。

而对于和本书女主角们类似的、在北京这样城市里生存的女孩子来说，这难上加难。姑娘们大多是独生子女政策下出生的孩子，没有兄弟姐妹。这不仅意味着没人和自己抢夺房产，更意味着天塌下来之前没人商量，塌下来之后也没人抱头痛哭。能讨来的安慰，大多苍白无力，来自和自己一样困惑犯傻的同龄女友。

一个女人的成长或衰老，并不是某一天穿着碎花棉布裙吊死在青春房梁上，然后第二天一早便成为了穿着府绸西裤和尖头皮鞋的稳健妇女——这其实是一个温吞吞、钝痛无数且毫无效率的过程。大家做着许多看似无用功，生着许多毫无意义、却把自己气死的闲气，买了一柜子让自己觉得丝毫不出色的衣服……直到有一天，开始懂得去自圆其说。

这一天，发生在二十五岁、三十岁、三十五岁……都不稀奇。但她一定走了很多很多的路，在无人顾盼的黑夜里独自黯淡过许多许多回，并在体内女孩即将死去的边缘、在那个投身平庸与乏味的前夜，果断地将自己拉了回来。

否则，过了那夜，你将在酱油和料酒上漂浮此生，买几个破包儿企图提醒自己的身份和笃定，然后和许多许多其他同类浩浩汤汤被现实裹挟，永不被铭记。

女北京

北京是我打小生长的城市。

如今，她不再只是一座城，仿佛还具有了女人的复杂性格和“破坏力”。

世界上，你再找不到像北京这样一处所在。有那么多外面的人想涌进来——外地的、外国的；有那么多里面的人迫不及待地远走高飞，离开时头也不想回。

书中的叙述，关于几个在北京这个大环境里“奔三”和“奔过三”的女人，通过她们对男人的一再否定和纠缠，最终却是在纠缠和否定一个时代的生存环境。

此处人们，无法简单地相亲相爱、生儿育女，这与其说是两个人的失败，更是有第三者的观望与介入。而这无处不在的第三者，正是这座承载一切的城市。她用自己的巨大的诱惑与繁复，傲慢与无序，日积月累地在每个成年人内心堆积焦灼和恐惧。人们于是搞砸了一切。

从这个意义上说，一座城市已经变成所有关系的第三者。她仿佛拥有了女人的属性。那些不远千里来得到和攫取她的，注定被玩弄和剥夺。拼命想离开她的，站在远方望她，依旧会藕断丝连。

同时，在我们所处的时代，一些国家和她们的城市，又与北京遥相呼应，构成令人无所适从的“平行宇宙”感。身处此处的人们，永远在内心觊觎和盘算着那个平行宇宙，永远有一个虚拟未知的自己，似乎在另一片土地上更好地生活。

这令人焦虑与厌恶的可能性，这令人绝望的可能性，是这个时代的我们不能选择且挥之不去的。

“平行宇宙”感的存在，让这个城市的男人、女人都丧失了踏实建设生活的可能性，以及踏实构建人生的能力。

就像书中最后一个故事中，翠西体内那个任性女孩的人生，终结在北京的三号航站楼。那是连接她和这座城市的最后边缘，越过它，大家一拍两散。忘却了与北京的恩情，她只想过一种最淡而无味的生活——去没人在意她是否挣扎的地方，她才终于不再挣扎。

这里的事情行不通，我们还可以去那里，或者至少炫耀我们去过那里。然而，是否正是因为所有关于那里的不甘愿，才让这里的事情注定行不通、心甘情愿的人生注定行不通。

其实，也许我们从来都只需要一种可能性。请让我懂，我此生属于哪里，我将踏实地在她身上建设我的生活，尽力爱和善待身边的同类与草木，耐心寻找我的男人，与他一起植根并延续我们的血肉与灵魂。

逃离她，便等于逃离自己，和原本沉实人生的可能。

就在今天白天，我看着走出写字楼的年轻女人们，好几个戴着古怪烦琐的口罩，不知目的地，步履匆匆，才明白，她甚至想在呼吸上也切断和她的联系。

就是这样，关于北京女，和一个女北京。说这许多话，不是本书的前言，不是后话，权当前言不搭后语的一点私人情绪吧。

而写到这，我就可以转身走开了。留下的所有看客，请你们手下莫留情，嘴上莫留德。

君婷